우리가 글을 쓴다면 ―

우리가 글을 쓴다면

김성환 지음

siso

# 우리는 왜 글을 쓰는가

『1984』의 저자인 조지 오웰은 인간이 글을 쓰려는 이유로 네 가지를 꼽고 있다. 첫째는 잘난 체하고 싶은 순전한 이기심이다. 인간은 타인에게 인정받고 싶어 하는 욕구를 가진 존재로서 자신의 생각을 유려한 글솜씨로 표현하여 타인으로부터 감탄을 자아내고 싶어 한다. 그 순간 인간은 사회 속에서 살아있음을 느끼게 된다. 둘째는 멋진 문장을 쓰고 싶은 미학적 열정이다. 현상이나 대상을 아름다운 단어와 문장으로 배열하여 표현함으로써 미학적 충만함을 경험하는 것이다. 쓰는 행위 그 자체가 아름다워지는 순간이다. 셋째는 진실을 기록하려는 역사적 충동이다. 현재의 사실과 진실이 후대에 왜곡되지 않게 하기 위한 노력이다. 그 대상에는 사회뿐만 아니라 개인의 삶도 포함된다. 플라톤의 수많은 저서가 없었다면 우리는 소크라테스의 위대함을 쉽게 알지 못했을 것이다. 넷째는 정치적 목적이다. 세상을 특정 방향으로 선도하기 위해 사람들의 의식과 행동에 변화를 줘야 한다는 생각이 바탕에 깔려 있다. 네 가지 이유 중에서 목적성이 가장 두드러진다고 볼 수 있다. 이전에는 일정 세대에 머무는 경향이 많았으나 최근 들어 SNS의 영향력이 커지면서 대상의 폭이 넓어지고 있다. 조지 오웰은 스스로 정치적 목적을 두고 글을 썼다고 이야기했다.

그러나 내가 직접 책을 출간하고 강연을 하면서 만난 사람들의 이야기 속에는 조지 오웰이 말한, 조금은 거창한 듯한 네 가지에 포함되지 않는 이유도 있었다. 그들의 이유 또한 거시적인 측면에서는 네 가지에 포함될 수도 있으나 조금은 결이 다르지 않을까 싶다.

책을 출간한 이후 일면식도 없는 사람들에게서 SNS로 메시지를 자주 받고 있다. 대부분 글쓰기나 책 쓰기와 관련된 내용이기에 태도에서 실례라고 느껴지는 정도가 아니라면 내가 아는 정보를 최대한 전달하려 한다. 많은 사람에게 연락을 받았는데, 그중에서 두 사람이 유독 기억에 남는다.

'있읍니다'를 심심치 않게 쓰시는 70대 여성분이 글을 쓰고 싶다며 어떻게 써야 하는지를 물으셨다. 손녀가 등록해줬다는 페이스북에는 별도의 글 없이 사진 한 장만 업로드되어 있었다. 평소에 연세가 있으신 분들에게 강연했던 것처럼 어떻게 글을 쓰면 되는지 간단하게 알려드렸는데, 별도의 인사 없이 대화를 중단하셨다. 기분이 썩 좋지 않은 채 그분과의 연은 끝이라고 생각했다. 그런데 한 달쯤 뒤에 "선생님~"으로 시작하는 글과 함께 사진 두 장이 도착했다. 한 장은 그동안 연습하신 글쓰기 노트였고, 다른 한 장은 '어머니, 잘 계시죠?'로 시작하는 짧은 글 한 편이었다. 여전히 '있읍니다'를 쓰셨고 맞춤법도 군데군데 틀렸지만 글의 내용도, 그분이 글에 담고자 하는 마음도 충분히 전달받을 수 있었다.

다른 한 사람은 자신을 중학생이라고 소개한 친구였다. 글을 쓰고 싶은데 주저리주저리 머무는 수준에서 글을 쓰고 싶지는 않다고 했다. 보통의 아이들과 같은 이유인 듯하면서도 다른 느낌이

들어 왜 그러한지 조금 더 이유를 물었더니, 자신이 괴롭힘 당한 이야기를 글로 써서 선생님에게 전달하고 싶다고 했다. 나는 이전의 내 경험들을 이야기하며 그 친구에게 진심 어린 마음을 전달하고자 했다. 그렇다고 그 친구의 삶에 깊숙이 다가갈 수는 없었다. 삼자가 건널 수 없는 선이 존재하기 때문이다. 이후로 그 친구와 별다른 연락을 하진 않았으나 검정 배경의 프로필 사진이 앳된 한 중학생의 사진으로 바뀌었음은 알 수 있었다.

조지 오웰의 관점에서 봤을 때 어쩌면 중학생 친구의 글은 진실을 기록하려는 역사적 충동과 정치적 목적이 교차한 이유로 볼 수 있다. 하지만 70대 여성분의 글은 어느 부분에 포함시킬 수 있을까? 그분은 단지 눈에 볼 수 없고 손으로 만질 수 없는 어머니에 대한 그리움을 글로 남기고 싶어 하셨다.

이처럼 우리는 각자만의 이유로 글을 쓰고자 한다. 그렇기에 글쓰기의 긍정적인 효과는 무수히 많다. 그러나 현실에서는 이 효과마저 불필요하게 만드는 거대한 벽이 존재하고, 결국 우리는 벽 앞에 고개를 숙인 채 글과 일정 거리를 두게 된다.

몇 년 동안 글을 쓰면서 내가 마주한 한 가지는 많은 사람이 글을 썼으면 하는 것이다. 분명 누군가에게는 불필요하고 에너지 소모에 불과한 글쓰기일 수도 있으나 글에서 만난 새로운 가치가 자신의 삶에 직간접적으로 긍정적인 영향을 미칠 수 있다고 믿는다. 이는 나 혼자 글을 쓰며 마주한 결과라기보다는 많은 사람과 함께 글을 쓰며 받아들인 확신에 가깝다.

나는 이 책에 '내가 왜 글을 쓰는지, 우리는 왜 글을 쓰지 않는지, 그럼에도 왜 글을 적었으면 하는지, 더 나아가 우리는 어떠한 글을 향해 발을 내디뎌야 하는지' 등을 담고자 노력했다. 수십 년 동안 글을 쓴 사람이 아님에도 이처럼 글을 쓰는 근원적인 부분을 적어 내려가는 데는 그동안 내가 만난 사람들의 영향이 컸다. 그들이 마주한 장애물을 함께 걸어가고 싶은 마음이다. 글을 쓴 지 얼마 되지 않은 지금의 나이기에 가능한 일인지도 모른다.

어쩌면 나는 정치적 목적에 의해 이 글을 써 내려가는지도 모르겠다. 이 글을 읽는 사람들을 특정 방향으로 선도하려 하기 때문이다. 조금 더 욕심을 부려 보자면 많은 사람이 내가 선도한 방향으로 잘 따라와 줬으면 하는 바람이다. 내가 많은 사람을 이끌 만큼의 능력은 갖추지 못했으나, 지금 내가 걷는 방향이 잘못된 길은 아니라고 확신하기 때문이다.

이전의 책들과는 달리 이번 원고는 완성하기까지 꽤 긴 시간이 걸렸다. 여러 이유가 있었지만, 분명한 건 많은 사람의 도움을 받았기에 지금에라도 글을 마무리할 수 있었다는 것이다. 한 분한 분 이름을 이야기할 수는 없으나, 이 글을 빌려 다시 한번 진심으로 감사하다는 말을 전하고 싶다.

| 목차 |

# 1장

•

글을 마주한 순간

# 누구나 작가가 될 수 있는 시대

글을 쓰는 사람은 모든 것에서 글의 소재를 찾게 된다. 카페에서 신문사 칼럼 원고를 마감하던 1월의 그날도 마찬가지였다. 첫 기고였던 만큼 내게는 꽤 중요한 시간이었지만, 직업병 비슷한 것 때문인지 맞은편에 있는 두 사람의 이야기가 내 귀에 담겼다. 주변에 사람이 별로 없어서인지 한 사람의 목소리가 유독 크게 내 귀에 들려왔다. 그런데 그들의 대화가 이어질수록 마치 내 이야기인 듯했다. 여행을 다녀온 후에 책을 출간한 한 사람의 인터뷰 기사에 관한 이야기를 나누었기 때문이다.

한참 대화가 이어지더니 목소리가 큰 사람이 상대에게 "너도 작가 해봐. 너 글 잘 쓴다며. 요즘에는 소 뒷걸음치듯 책 한 권 나오면 개나 소나 다 작가래"라고 말하며 키득거렸다. 그의 말을 듣던 상대는 잠시 침묵하더니 "나 며칠 전에 등단 떨어졌어"라고 힘없이 내뱉었다. 나도 비슷한 경험이 있기에 그 말에 담긴 허탈함과 아쉬움을 어렴풋이나마 알 수 있었다. 적어도 몇 달 동안 최선을 다해 글을 썼고, 혹시나 하는 마음으로 결과를 기다렸을 것이다. 노력에 따른 결과를 손에 쥐지 못한다는 건 안타까운 일이다. 그런데 그 말을 들은 상대는 "등단이 뭔데?"라며 고개를 갸웃거렸다. 주변의 공기는 가라앉았고 침묵은 꽤 오래 이어졌다.

누구나 글을 쓰는 시대이다. 카페에서 만난 그들의 말대로 누구나 작가가 될 수 있는 시대이기도 하다. 필력에 고상함이 없는 나도, 너도, 우리도 작가가 될 수 있다고 이야기한다. 괜찮은 콘셉트가 있거나 SNS 인플루언서이면 더 쉽게 될 수 있다. 아마도 나는 이 시대의 철저한 수혜자일 것이다.

불과 몇 년 전까지만 하더라도 19살의 '그 순간'을 제외하고는 글쓰기와 특별한 연관성이 없던 나였다. 그런데 어느새 책을 출간하고 타인에게 글을 이야기하며 작가로 불리고 있다. 명확히 하자면 나는 카페에서 언급되었던 기사의 주인공과 성별만 달랐다. 내가 그 기사의 인터뷰 주인공이었다면 나는 누군가에게 동물이 되었을지도, 뒷걸음치다 책을 출간하여 작가 행세를 하는 사람일지도 모른다. 나름의 최선을 다해 달려왔기에 스스로 비하하는 것은 아니다. 그저 객관적인 시선으로 바라볼 뿐이다. 나는 지금의 시대가 아니었다면 글을 쓸 이유도, 용기도 없었을 것이다.

누군가는 이러한 시대를 불편하게 여길 수도 있다. 더 나은 글을 향해 묵묵히 정진하던 이에게는 글과 작가라는 가치가 물에 희석되는 것처럼 느껴질 수 있다. 깨끗한 강물을 혼탁하게 만드는 미꾸라지와 다를 바 없다. 글로 수입을 연명하는 사람에게는 피자의 크기는 그대로인데 먹을 경쟁자가 늘어나 버린 격이다. 게다가 대식가이다. 자칫 한눈팔다가는 적은 양의 피자 조각조차 손에 쥐지 못할지도 모른다. 시대는 언제나 변화를 선택한다. 변화의 과정에서 발생하는 버석거림은 어쩌면 자연스러운 현상이지만, 누군가는 자연스러움이란 칼날에 살을 베어 피를 흘리기도 한다.

지인 A는 SNS에 꾸준히 글을 썼다. 그러다 처음 듣는 단체에서 등단 명목으로 100만 원을 요청받았다. A는 등단에 성공했지만, 공모전 이력 하나를 제외하고는 특별한 무언가가 남지 않았음을 얼마 후에 깨달았다. B는 서울에 있는 대학교에서 국문학을 전공했다. 스스로, 타인에게도 글을 잘 쓰는 사람이었다. 하지만 출판사에 수십 번 투고해도 돌아오는 것은 '죄송합니다'로 시작하는 이메일이었다. B는 자신보다 글을 못 쓴다고 생각하는 사람이 주위에 수두룩한데, 자신은 왜 안 되는지 의구심을 품었다. 얼마 후 자신의 길이 아니라고 판단하여 절필을 선택했다. C는 서울에 있는 대학교의 문예창작과를 졸업한 후 외부에서 원고를 받아 교정·교열 작업을 하며 생활했다. 그런데 들어오는 원고 의뢰가 점점 줄어들기 시작했다. 특정 사이트를 보니 C가 출판사에 요청하던 비용의 절반도 안 되는 가격으로 수많은 사람이 자신의 필력을 홍보하고 있었다. 주위에서는 고료를 낮춰보라고 권유했지만 스스로 그럴 수 없다고 판단했다. 그동안 글을 써온 삶에 대한 마지막 존중이었다. C는 생존을 위해 편의점 야간 아르바이트를 시작했다.

　우리는 그 순간에 할 수 있는 최선을 선택한다. 최선의 기준이 상대적일 뿐이다. 3명의 지인들이 내린 선택은 수만 번의 고민 끝에 결정한 최선이었을 것이다. 이들이 선택한 결과가 좋지 않다고 확언할 수는 없다. 순간의 결과일 뿐, 긴 삶에서는 하나의 과정으로 바라볼 수 있다. 그런데도 안타까운 마음이 드는 건 그들의 마음을 어렴풋이 이해할 수 있기 때문이다.

우리가 글을 쓰는 데는 각자만의 이유가 존재한다. 누군가에게는 글을 쓰며 자아를 발견함으로써 글쓰기가 삶 그 자체가 될 수도 있고, 다른 누군가에게는 시간이 날 때마다 하는 취미일 수도 있다. 또 누군가에게는 저녁 한 끼를 해결할 최후의 무기이지만, 다른 누군가에게는 업의 전문성을 증명하여 자신의 몸값을 올리는 수단이기도 하다.

책을 쓰고 작가가 되길 원하는 이유도 크게 다르지 않다. 다만, 책을 쓰고자 하는 사람이라면 '작가'라는 두 글자의 무게를 인지했으면 하는 바람이다. 직업으로서의 무게이기도 하다. '여행 다녀와서 그냥 기록으로 남기려고 책 한 권 쓰는 건데, 무슨 무게씩이나'라고 생각할 수 있다. 몇 년 전의 나에게 누군가 똑같은 말을 꺼냈다면 내 입술 끝에 머물렀을 생각이다.

한 가지 짚고 넘어가자면 나는 문단에 큰 영향을 미치는 위대한 문호가 아니다. 말 한마디에 사회적 파급효과를 불러일으키는 공인도, 인플루언서도 아니다. 어떠한 계기로 글을 쓰기 시작한 지 3년밖에 안 된 흔하디흔한 글쓴이일 뿐이다. 그럼에도 이런 말을 하는 이유는 고작 3년이지만 글을 쓰고 책을 작업하면서 스스로 느낀 부분이 있어서이다.

작가는 수많은 직업 중 한 갈래이다. 글을 쓰고, 책을 쓰는 사람만의 전유물이 아니다. 그림을 그리거나, 사진을 찍거나, 영상을 촬영하는 사람에게도 '작가'라는 두 글자가 부여된다. 책 한 권 출간했을 뿐이기에 '작가'라는 이름으로 불리지 않기를 원할지도 모른다. 나 역시도 마찬가지였다. 작가라는 이름으로 불리고 싶으면서도, 누군가 나를 소개할 때 작가라고 칭하면 부끄러워서 숨고 싶을 때도 있었다. 책을 쓴다는 건 타인에게 스스로 작가임을 선포하는 행위이다. 자신은 아니라고 손사래 칠지라도 이미 그러한 환경에 속하게 된다.

수많은 이유 중에 어떠한 이유로 책을 쓰든 책과 글에서 만들어지게 될 영향력은 아무도 알 수 없다. 수십만 권이 판매되는 수치를 말하는 것이 아니다. 책은 한 사람의 인생을 담은 개체이자,

타자의 삶에 한 발을 걸치는 매개체이다. 자신의 추억을 기록으로 남기고 싶어 쓴 글에 누군가 위로받고, 아무렇지 않게 툭 던진 한 문장에 누군가 삶을 연명할 이유가 되기도 한다. 자신의 가슴에 남아 있는 책의 한 문장, 한 문단을 생각해보면 유명 작가가 썼거나 베스트셀러 책의 구절만은 아닐 것이다. 우연히 손에 쥐어 읽게 된 어떤 책에서 발견했을 확률이 더 높다. 누구나 글을 쓰는 요즘은 옆집 친구처럼 여기던 사람이 독립출판물의 저자로 발견되는 경우도 부지기수다.

나는 내 이름으로 된 한 권의 책을 목표로 삼고 글을 쓰기 시작했으나, 어느 순간 나의 글을 쓰는 사람이 되었다. 글을 계속 쓰고 싶었을 뿐, 글 쓰는 삶을 살게 될 줄은 전혀 몰랐다. 이렇게 글을 쓰고, 책을 연거푸 작업하게 된 데는 타인의 영향이 일정 부분 이상을 차지했다. 수치로 표현하지 못할 만큼 미흡하고 부족한 내 글을 보고 건넨 그들의 진심 어린 응원이었다. 하루는 40대 여성분이 내 책을 건네며 사인을 부탁했다. 사인에 익숙하지 않았던 때라 어떤 문구로 진심을 담으면 좋을지 고민하던 차에 그분은 내게 이런 말을 하셨다.

"정말 오랜만에 한 문장을 가슴에 담고 꺼이꺼이 울었습니다. 옆에 있던 초등학생인 제 아들은 엄마의 그런 모습을 처음 봐서인지 자기가 더 서럽게 울더라고요. 좋은 글 써주셔서 고맙습니다. 작가님."

나는 귀가 빨개질 만큼 부끄러우면서도 절을 드리고 싶을 만큼 감사했다.

새로운 도전에 대한 두려움을 스스로 키울 필요는 없는 것 같다.

길은 언제나 존재한다.

그런데 집에 와서 그분이 언급한 문장을 읽고 의문이 들었다. 이 문장을 적었을 때를 곰곰이 생각했다. 졸린 눈으로 힘없이 끄적거린 문장은 아니었다. 그렇다고 해서 문장에 온 힘을 담아 독자에게 감동을 주고자 하는 의도를 담지도 않았다. 그저 흐름에 따라 써 내려간 사유의 흔적이었다. 그런데 한 사람이, 아니 두 사람이 눈물을 흘렸고 내게 진심 어린 감사를 전했다. 주변의 온도와 상관없이 따뜻함이 느껴지는 순간이 그때였다.

독자로서 한 문장이 지닌 힘을 안다. 글을 읽고 저자의 감정이 전이되어 이유 없이 눈물을 흘려 본 경험이 있다면 문장의 온전함을 잘 알 것이다. 그러나 필자로서는 어색할 수밖에 없었다. 읽는 자와 쓰는 자의 차이를 구분하지 못할 때였다. 글을 쓰고 나서 시간이 꽤 흘러서야 쓰는 사람으로서 문장이 지닌 힘을 받아들일 수 있었다.

독자는 한 사람이 여행을 다녀온 후 글로 써 내려간 한 도시를 상상하며 공감하고 위로받는다. 여행을 쉽사리 떠나지 못하는 지금과 같은 순간일수록 더욱 그렇다. 아무 의미 없이 두들겨 내려간 타이핑에 불과할지라도 독자에게는 예기치 못한 영향을 미치게 되는 것이다. 그 순간이 작가의 무게라고 생각한다. 단순히 직업으로서가 아닌, 글을 쓰는 사람으로서의 무게이며 책임이다.

이제는 자기 삶의 회고보다 셀프 브랜딩을 위해 책을 쓰는 시대가 되었다. 책이라는 가치가 누군가에게는 스펙의 한 줄이 되기도 한다. 최근 들어 글쓰기 책만큼이나 책 쓰기 책이 많이 나오는 이유이다. 셀프 브랜딩의 잘잘못을 따지는 시대는 지나갔다고 생각한다. 시대는 변화를 선택하고, 인간은 변화에 적응한다. 나 역시 자아와 관련된 이유로 글을 쓰지만, 책을 계속 쓰면서 작가라는 브랜딩이 되었으면 하는 마음이다.

나뿐만 아니라 많은 사람이 책 혹은 책 너머의 삶으로 가는 과정에서 글과 책 본연의 가치를 발견했으면 한다. 억지로 쓰고 담아 만들어진 인공조형물이 아닌 온갖 풍파를 견뎌낸 자연의 경이로운 경관처럼 말이다. 우리는 잠깐의 반짝임을 브랜딩이라 말하지 않는다. 브랜딩을 위해 책을 쓰고 글을 적는 사람일수록 글과 책이 지닌 가치를 깨달아야 한다. 우리는 똑똑한 독자가 살아가는 세상에서 글을 써야 하기 때문이다.

## 문득 글이 쓰고 싶어졌다

지금부터는 내 이야기를 짧게 써 내려가려 한다. 글쓰기와 큰 연관이 없다고 말하던 내가 긴 글의 초입에서 작가의 무게에 관한 이야기를 꺼낸 이유일지도 모른다. 나를 드러내지 않고서는 긴 호흡의 글을 끌고 나갈 힘이 부족하다고 느낀다. 쓰는 사람으로서도, 읽는 사람으로서도 그렇다.

사람은 망각의 동물이다. 선명하다고 믿는 내 기억이 시간의 흐름(혹은 내 의지)에 의해 왜곡되었을 수 있다. 자신의 기억을 맹신하지 말라는 어느 뇌과학자의 말이 떠오른다.

어린 시절에 나는 소심한 편이었다. 천성이었는지는 몰라도 외모가 꽤 큰 영향을 미쳤던 것 같다. 외모가 성격에 영향을 미친다는 연구결과는 무수히 많다. 연구결과가 아니더라도 외모 때문에 타인으로부터 차별당하거나 박해받는 사람들을 주위에서 어렵지 않게 볼 수 있다.

중학교 자리 배치는 키순이었는데 3년 동안 반에서 첫째 줄을 벗어나지 못할 만큼 키가 작았다. 중학교에 막 들어갔을 때 145cm가 조금 넘었던 걸로 기억한다. 몸무게는 50kg이 조금 넘었다. 피부는 친구들이 우유라고 부를 만큼 새하얗고 여드름은 없었다. 중학교 3학년 때였다. 반에 있는 몇몇이 아기같이 포동포동한 내 볼을 손으로 꼬집기 시작했다. 아기 볼을 잡을 때와 같이 단순한 호기심이었다고 생각한다. 처음에는 나도 그들의 볼을 잡으며 장난이라는 행위로 용인했다. 철부지 남자들 사이에 우정의 증표 같은 것이었다.

그런데 그 횟수가 차츰 늘어났고 강도가 달라졌다. 이전과는 다른 목적성이 느껴졌다. 등교하여 자리에 앉으면 나를 둘러싸며 인사란 명목으로 볼을 꼬집었다. 그들의 손이 떨어지면 사랑하는 사람을 만나듯 볼이 발그레해졌다. 그들의 손톱이 긴 날에는 볼에 상처도 생겼다. 가끔 손을 걷어내려 하면 더 세게 잡아당겼다. 나는 마치 파블로프의 개가 된 듯했다. 어느 순간부터 반항하지 않고 가만히 있는 것이 최선의 선택이라 판단했다.

가끔은 내 뒤로 다가와 왼손은 가로로, 오른손은 세로로 교차하며 경동맥을 조였다. 호흡이 힘들어지고 피가 솟구쳐서 불그스레함이 얼굴을 뒤덮었다. 산소의 중요성을 과학이 아닌 그들에게 배울 때쯤 손을 풀었다. 나는 그들에게 욕지거리를 퍼부었으나 돌아오는 것은 내 뒤통수로 날아오는 그들의 손이었다. 아프지는 않았으나 뭔가 모를 억울함이 목 끝까지 차올라 눈물이 고였다. 그들은 킥킥거리며 웃었고, 나는 우격다짐하듯 눈물을 입안으로 말아 넣었다. 창문 바깥의 푸름이 하얗게 될 때까지 그들은 다양한 행위로 내게 인사를 건넸다.

처음에는 조금 심한 장난으로 여겼다. 그런데 시간이 흐르면서 '왜 나야?'라는 생각이 번졌다. 수백 번 생각해도 내가 무엇을 잘못했는지에 대한 답을 찾지 못했다. 가끔 경로를 이탈하면 '내가 뭔가 잘못했겠지'라는 생각으로 이어졌다. 지금 생각하면 한심하기 짝이 없지만, 그때는 그랬다. 그놈의 소심한 성격 때문이라는 합리화를 해본다. 그때부터 스스로를 믿지 못했다. 아무런 쓸모도 없는 나를 믿어야 할 어떠한 이유도 발견하지 못했다. 자존감은 바닥이 어딘지도 모른 채 열심히 내리꽂고 있었다. 인간 본연의 가치를 알 나이는 아니었으나 존재에 대한 의구심을 품었고 비루함마저 느꼈다. 나는 그저 숨만 내쉬고 있을 뿐이었다. 마치 세상에 존재해서는 안 될 하찮은 존재라고 여기는 『인간실격』의 요조처럼.

괜한 걱정을 끼칠 것 같아 부모님께는 말하지 않았다. 혹여나 이 글을 부모님이 보신다면 흘러간 수많은 기억의 잔재일 뿐이라고 말씀드리고 싶다. 참다못해 선생님에게 말한 적도 있었지만 선생님은 그들에게 약간의 주의를 시켰을 뿐 달라지는 것은 없었다. 어른을 믿지 않기로 결심한 순간이었다. 당시의 내게 어른이란 나보다 일찍 태어난 사람 그 이상 그 이하도 아니었다.

햇살이 유난히도 환하게 비추던 겨울 어느 날, 그들의 인사치레는 어김없이 계속되었다. 나는 결국 교실이 떠나가라 욕을 내뱉으며 그들의 행위에 이유를 물었다. 그들도, 수많은 방관자도 일제히 침묵했다. 그러던 중 한 명이 침묵을 깼다.

"그냥 재미있어서."

실보다 얇은 이성의 끈이 끊어졌다. 쥐도 궁지로 몰리면 고양이를 문다고 했다. 2교시 국어 시간이었다. 책상 위에 놓인 공책의 공간을 한 문장으로 채워 넣기 시작했다. 나중에 보니 볼펜을 너무 세게 찍어 누르듯이 휘갈겨서 공책은 다 찢겨 있었고, 볼펜 심은 부러져 있었다. 그 이후부터 그들은 내게 인사를 건네지 않았다. 나중에 한 친구에게 듣기로 내 공책을 보고 더는 건들지 말자고 했단다. 진실은 알 수 없으나 내게는 다행이었다. 나는 문장을 현실화하고자 그 어느 때보다 굳건한 마음이었다.

고등학교에 올라가면서 갑작스럽게 키가 자랐다. 그래서인지 여러모로 자신감이 올라갔다. 중학교 때 생긴 트라우마를 극복할 절호의 기회였으나 외면의 변화를 내면으로 어떻게 받아들여야 하는지 몰랐다. 방법을 알려줄 사람도, 물어볼 사람도 없었다. 가족에게 불안을 건네고 싶지 않았고, 어른은 여전히 믿지 않았다.

고등학교 2학년 겨울, 남학생들 사이에 판타지 소설이 유행했다. 나도 인기에 편승한 한 사람이었다. 하루에 판타지 무협 소설 한 권은 완독해야 속이 개운했다. 어릴 적부터 만화책이라면 누구에게 뒤지지 않을 만큼 다독했다고 자부하는 편이었는데, 학년이 올라갈수록 서서히 만화책과 멀어질 수밖에 없었다. 그런데 만화책만큼이나 재미있는 대체재가 등장한 것이다. 소설의 주인공에 나를 자주 대입했다. 악을 무찌를 때면 그 무엇보다 통쾌했고, 배신이라도 당하면 내가 당한 것처럼 분노가 치밀어 올랐다.

이처럼 소설에 과몰입했던 데에는 '나'라는 존재의 부재가 큰 부분을 차지했다. 꿈이라고는 아무것도 없을 때였다. 장래희망에 선생님을 기술했으나 형식에 가까웠다. 누군가를 가르치고 보듬는 행위에 매력을 느꼈지만 목표를 이루기 위해 특별한 노력을 하지는 않았다. 또래가 공통으로 삼는 '수능'이라는 목표도 삶의 이유는 아니었다. 그 어느 때보다 생기 있어야 할 18살이라는 나이에 삶의 매너리즘을 견뎌내기엔 불합리한 시간이었다. 무너진 자아를 다시 쌓을 방법은 보이지 않았다. 나는 눈과 귀를 막은 채 외부의 정보를 스스로 차단했다. 그때 내게 손을 내밀었던 것이 판타지 소설이었다. 나를 숨쉬게 했고 삶의 의미를 만들었다.

그러다 고등학교 3학년 여름에 문득 소설이 쓰고 싶어졌다. 앞선 목차에서 이야기한 '그 순간'이었다. 명백한 이유가 생각나지 않지만, 쓰고 싶다는 마음이 솟구쳐 올랐음은 선명하다. 나는 철저하게 행동보다 생각이 먼저인 사람이다. 예전이라고 다를 바는 없었다. 그런 내가 한 치의 망설임도 없이 무턱대고 소설을 쓰기 시작했다. 삶에서 이유 없는 행위가 용인된 몇 안 되는 순간이었다. 소설 쓰기와 관련된 특별한 정보는 없었다. 지금처럼 검색만으로 무수한 정보가 쏟아지는 시대도 아니었다. 그저 내가 적고 싶은 글이 무엇인지 그려본 후 그에 맞춰 전체적인 스토리를 꾸리고, 인물 하나하나에 생명을 불어넣으려 했다. 명백한 가상세계였으나 나만의 세상을 창조한다는 게 기쁘면서 황홀했다. 그 공간에서만큼은 무너질 것이 없었다.

야간자율학습이 끝나면 독서실에 가서 일정 시간을 내어 소설을 썼다. 소설을 읽으며 숨을 내쉬었다면, 소설을 쓰면서 숨쉬는 행위를 스스로 조절했다. 일기처럼 혼자만의 것으로 남길 수도 있었다. 그러나 밖으로 드러내기로 했다. 비록 글이라는 방패 뒤에 숨은 겁쟁이였지만 세상 밖으로 나를 꺼내고 싶었다. 두꺼운 스프링 노트에 적힌 소설 일부를 한 온라인 사이트에 올렸다. 아무런 반응이 없었다. 특별한 반응을 기대하지는 않았으나 실망을 피하기는 힘들었다. 두 번째 글도 마찬가지였다. 그러다 세 번째 글부터 재미있다는 반응이 나타났다. 그 순간 도파민이 몸을 감싸 안아 주체할 수 없을 정도의 기쁨이 흘러나왔다. 이전보다 시간을 조금 더 들여가며 글을 짓고 다듬었다. 퇴고가 무엇인지도 모른 채 퇴고라는 행위를 했다. 긍정적인 반응이 계속 이어졌다. 이제껏 경험해본 적 없는 짜릿함의 연속이었다.

방학 숙제로 쓴 일기를 제외하면 글쓰기를 해본 적도, 배워 본 적도 없는 사람이 글로써 누군가에게 인정받는다는 것은 상상도 하지 못한 일이다. 그런데 타인에게 내 능력을 인정받는 행위가 지속될 때의 그 쾌감은 잊지 못한다. 비루하다 못해 없어도 괜찮지 않을까 생각했던 '나'라는 존재를 처음으로 인지하고 받아들였다. 고작 19살이었고, 무려 19살이었다. 돌이켜보면 자아라는 걸 처음 발견한 순간이었다.

어처구니없을 정도로 사소한 행위였음을 그 누구보다 잘 안다. 누군가는 이러한 모습에 자아라는 단어를 사용해도 되는지 의구심을 품을지도 모른다. 하지만 지금에서야 알게 된 것은 삶에서 큰 변화를 마주한 순간은 거대함이 아닌 사소하고 소소한 행위에서 파생될지도 모른다는 점이다. 그 순간들이 내게는 그때였다. 스스로 글이 부족하다고 판단되어 고민 끝에 올렸던 글을 다 지운 뒤 피노키오에 새 생명을 불어넣는 제페토 할아버지처럼 글자 하나하나에 생명을 불어넣어 가며 문장을 고치고 다듬었다. 그리고 어느 정도의 글이 완성되었다고 판단했을 때 다른 사이트에 다시 글을 올렸다.

몇 달 전에 소설을 다시 써볼까 하는 마음으로 그때 썼던 소설을 찾아보았지만 노트는 없어진 지 오래였고, 사이트는 폐쇄되었다. 소설의 세부적인 스토리는 선명하게 기억나지 않는다. 자아를 이야기하는 부분임에도 그 순간들이 망각의 영역에 머물러 있다. 우리가 글을 써야 하는 중요한 이유이다.

그래도 기억을 더듬어 보자면 제목은 〈샤이닝〉이었다. 검을 차지한 자가 악을 물리치고 세상을 밝힌다는 내용이었다. 세계적으로 유명한 아서왕 스토리에서 모티브를 얻었다. 스토리가 참신하다는 반응부터 시작해서 조금은 과한 칭찬까지 이어졌다. 아무리 좋게 생각해도 립서비스에 가까웠으나, 사실 여부와 상관없이 행복이라 느끼는 감정이 이어졌다.

모든 것이 단지 글에 불과했다. 그러나 내 존재를 인정해주는 것 같았다. 필력에 대한 자부심이 높아진 만큼 글이 좋았고, 글을 쓰는 내가 좋았다. 몇 년 전의 내게 누군가 이러한 말을 했다면 그 자리에서 장단을 맞췄을지라도 속으로는 피식 웃었을지도 모른다. 글쓰기 교육을 받든, 받지 않든 남녀노소 누구나 글을 쓸 수 있다. 그 글에 내 자존감이 채워졌고, 그 순간이 나를 살아 숨쉬게 했다. 명백한 사실이자 진실이다.

# 다시 글을 쓰기로 결심했다

인터넷에 소설을 올린 지 2개월이 흘렀을 때쯤 글을 멈춰야 했다. 촛농이 녹아 발등에 불씨가 떨어지고 있었다. 수능까지 한 달여밖에 남지 않은 현실 앞에 학업과 소설 쓰기를 병행하기란 쉽지 않았다. 두 마리 토끼를 잡고 싶은 마음도 있었지만, 글쓰기 습관이 들지 않은 상황에선 둘 다 놓칠 확률이 높다고 판단했다. 수능을 마치고 다시 이야기를 이어가겠다는 글을 마지막으로 소설 쓰기를 잠시 멈췄다. 그때만 해도 정말 잠깐이라 말할 수 있는 시간일 줄 알았다. 마음만 먹으면 언제든지 다시 돌아와서 멋지게 글을 쓸 수 있으리라 믿었다. 강산이 한 번 바뀔 만큼의 시간이 필요할 거라고는 생각하지 못했다.

대참사에 가까운 수능 점수를 받았다. 소설을 쓰며 기껏 쌓아놓은 자존감이 파도에 쓸리는 모래성처럼 와르르 무너졌다. 원하던 대학도, 전공도 아닌 선택을 시작으로 성인의 삶을 맞이했다. 원하던 대학이냐 아니냐와 상관없이 나름의 시간을 즐겁게 보냈다. 그러나 무너진 자존감은 회복되지 않았다. 여행, 운동 등을 하며 성을 재건하려 했으나 단순 일탈에 불과했다.

바닷가에서 모래성이 파도에 무너지면 잠깐의 짜증을 견뎌낸 후 조금의 시간과 노력을 들여 다시 지으면 된다. 파도의 경계선에서 두 뼘 먼 거리에 더 단단하고 멋지게 지을 수 있다. 하지만 애석하게도 마음의 모래성은 그렇지 않았다. 마음 깊숙이 숨은 모래를 찾게 해줄 조명을 먼저 찾아야 했다. 힘들게 조명을 켜서 모래를 찾아도 손에 쥔 모래의 양은 얼마 되지 않았다. 힘겹게 찾은 모래를 조금씩 쌓았으나 약한 바람과 물결에 쓰러지기 일쑤였다. 조금 더 단단하게 만들기 위해 적절하게 물을 붓고, 손으로 모양을 다듬어야 했다. 마음이 피폐해져 버린 나는 그러지 못했다. 그저 모래 알갱이를 떨어뜨려 가며 하염없이 시간을 흘려보냈다.

글쓰기가 자존감을 높이는 방법임을 경험으로 알고 있었음에도 그동안 왜 다시 글을 쓰지 않았는지 이 글을 쓰면서 몇 번이고 자문했다. 긴 생각 끝에 나름 바빴고, 글쓰기보다 재미있는 활동이 많았기 때문이라는 핑계가 두루 섞인 답을 꺼내놓았다. 거짓은 아니었으나 진실이라고 말하기는 어설펐다. 그동안 글을 쓸 기회가 없지는 않았기 때문이다.

취업을 준비하던 시기에 조금은 눈에 보이는 기회가 있었다. 취업이라는 삼엄한 정글에서 생존할 방법이 필요했고, 나는 글을 생존 무기로 선택했다. 당시의 나는 '19살의 글 잘 쓰는 나'라는 가면을 쓰고 있었기에 글로써 충분히 나를 꾸밀 수 있다고 믿었다. 다른 경쟁자들이 영어 시험, 인턴 경험 등의 스펙 한 줄을 추가하려 들이는 시간 그 이상으로 나는 자기소개서에 온 힘을 다했다. 노력과 의지만으로 무엇이든 바꿀 수 있다고 믿던 시기였다.

글을 쓰며 과거의 나를 마주해서인지 몰라도 노스텔지어 향이 코끝에 진하게 전해졌다. 심연 깊숙이 숨어 있다고 생각한 글을 쓰고 싶은 욕구가 스멀스멀 올라왔다. 결국 수능을 앞뒀을 때처럼 잠자는 시간을 줄여가며 소설은 아니었으나 글이라 말하는 것을 썼다. 그러나 1차 서류가 떨어지는 횟수가 압도적으로 늘어가면서 필력에 자신감을 잃어갔다. 다른 사람들보다 스펙이 부족한 결과였으나 인정하지 않고 외면하려 했다. 5년간의 나태함을 탓할 바에는 그저 글쓰기 실력이 부족해서라는 핑계가 더 나을 것 같았다. 모래성의 무너짐을 방어할 최후의 보루였다.

직장에 다니면서도 글을 쓸 기회가 없지는 않았다. 회사에서 보고서를 쓰는 날이 많았는데, 문장이 깔끔해서 전하는 바를 파악하기 쉽다는 말을 자주 들었다. 하루는 팀원들과 보고서 관련 이야기를 하던 중에 내가 어릴 때 소설을 썼고, 꽤 인기가 있었다는 말을 꺼냈다. 후배들은 예우로 호응을 보냈고, 상사들은 '에이, 네가 무슨…'이란 눈으로 나를 바라보았다. 의미를 부여할 것은 없었지만 유쾌하지는 않았다.

퇴근 후 집에 도착하여 취업을 준비하던 때의 날짜로 저장된 컴퓨터 파일 하나를 열었다. 먼지가 수북이 쌓인 오래된 액자를 꺼내 닦아내듯 글자와 문장을 천천히 읽어 내려갔다. 4년 전보다 노스텔지어 향이 더 진하게 다가왔다. 향에 취해버리고 싶었고, 그래도 괜찮을 것 같았다. 안정적인 직장을 다니고 있었기에 취미한 가지쯤 더 생긴다고 해도 아무런 상관이 없었다. 그러나 잠깐의 고민 후 파일을 닫았다.

'내가 지금 글을 써서 뭐하겠어.'

내 마음에서 글이라는 폴더를 닫아버렸다. 그날로부터 1년이 조금 더 지났을 즈음 퇴사를 했다. 주위에서는 내 선택에 물음표를 던졌지만, 나조차도 수백 번 던진 의문이었기에 어색하지 않았다.

2016년 11월, 김해공항에서 필리핀행 비행기에 몸을 실었다. 431일 동안 30개국을 여행하며 많은 것을 보고 듣고 경험했다. 소중한 그때의 경험들을 전작인 『답은 '나'였다』에 담았다. 내 생에 가장 큰 변곡점이라 말할 수 있는 '그날'을 설명하지 않고서는 이 글을 이어가기가 힘들기에 출간한 책에 일부 기술한 내용이지만, 그날을 조금만 적어 내려가려 한다.

2018년 1월 15일이었다. 나미비아 세시림 국립공원으로 가는 사막 비포장도로에서 교통사고가 났다. 달리던 차가 공중으로 날아오른 뒤 브레이크 기능을 잊어버린 듯 옆으로 구르기 시작했다.

살고 싶다는 생각조차 할 수 없는 찰나의 시간이었다. 나는 운명의 수레바퀴 속에서 겸허히 죽음을 맞이하던 중에 눈앞에서 선명한 네 개의 화면을 마주했다. 누군가 이야기하는 삶의 기록들이었다. 즐겁고 행복한 순간이기보다는 선택의 갈림길에 있던 순간들이자, 그때가 떠오를 때면 후회로 가득 차는 순간들이었다. 얼마일지 모를 시간이 지난 후 힘겹게 두 눈을 떴다. 다행히 추락 방지용인듯한 철조망에 걸려 차는 폭주를 멈췄다. 팔과 다리에 박힌 잔유리들을 손으로 뽑아내고 차량 밖으로 기어나왔다. 그리고 그 어느 때보다 밝게 빛나는 별을 보며 글을 쓰겠다고 결심했다. 조금은 결단에 가까웠다.

오랫동안 책이란 개체를 누군가의 전유물로 받아들였다. 내게는 범접할 수 없는 경계였음이 분명하다. 그런데 여행하기 전에 '나도 책을 한번 써볼 수 있지 않을까?' 하는 생각이 들었다. 서른이 넘은 한 남성이 퇴사 후 세계 일주를 떠나는 행위가 책에 담아도 괜찮을 만큼 조금은 특별한 경험에 속한다고 생각해서였다. 여행 이야기에 영어를 접목시키는 나름의 콘셉트도 있었다. 한글 일기는 여행을 기록하기 위해 썼고, 영어 일기는 한 권의 책을 출간할지도 모른다는 일말의 희망에서 썼다.

유럽에 머물 때 몇몇 출판사에 내가 생각한 콘셉트에 관한 의견을 물었다. 나의 이상과는 달리 출판사들은 수요와 공급 논리를 계산하며 현실을 이야기했다. 당시에는 출판에 관하여 무지했기에 그들의 의견을 전적으로 믿었다. 자연스럽게 한글 일기는 하루씩 밀리기 시작했고, 영어 일기는 멈췄다. 일정의 목표가 사라지니 재미가 줄어들었고, 습관이 안 된 글쓰기는 노동이 되어 싫증과 귀찮음을 동반했다. 여행하기에도 한없이 바쁜 나날들이었다.

2017년 10월, 세네갈에서 우연히 손에 쥔 자기계발서 한 권을 읽고 난 뒤 다시 글을 쓰기로 마음먹었다. 우연이라고 말했지만 수많은 전자책 중에 그 책이 눈에 들어온 데는 애써 숨기려 했던 욕구가 밖으로 드러나서였을 것이다. 4년 만에 읽은 자기계발서 한 권이 지금의 삶으로 인도했다. 그제야 책이 사람을 변화시킬 수 있다는 말의 의미를 받아들였다. 무엇이든 경험해야 온전하게 자신의 것이 된다는 옛말은 틀리지 않았다. 책을 읽고 난 이틀 후부터 온라인 사이트인 브런치에 1,500자 분량의 글을 쓰기 시작했다. 단순히 문장의 나열이었을지언정 나름의 최선을 다했다.

그전까지만 해도 단지 내 이름으로 된 책 한 권을 목표로 글을 썼다. 누구보다 평범한 내가 세상에 이름을 남길 유일한 방법이었기에 막연하게 꿈꿔왔던 소망 하나만 이루면 충분하다고 생각했다. 그런데 나미비아에서 사고를 겪고 난 후 다시 글을 쓰기로 결심한 데는 책 한 권을 손에 쥐는 게 내가 진정으로 바라는 것이 아니라는 답을 내렸기 때문이다. 만약 어떠한 사고로 다시 한번 과거의 몇몇 기억을 눈앞에서 선명하게 마주한다면 책 한 권에 머무르려 했던 내 선택을 큰 후회로 남기고 싶지 않았다.

여행 이전에도 살면서 중요하게 여기는 가치는 있었으나, 가치관이라 말할 수 있는 것은 없었다. 그런데 여행을 하며(정확히는 죽음을 마주하며) 가치관이라 말할 수 있는 문장이 생겼다. 사람은 누구나 후회를 한다고 생각한다. 그 순간의 선택이 수만 번 생각하고 내린 최선의 답일지라도 말이다. 결국 우리는 후회를 더 하느냐, 덜 하느냐의 갈림길에서 선택할 뿐이다. 이에 나는 조금 덜 후회할 것 같은 길을 선택했다. 여행하며 굳어진 진한 가치관이며, 한국에 돌아와 글 쓰는 삶을 살기 시작한 사소하지만 전부인 이유이다.

# 초심으로 돌아간 시간

여행을 마치고 한국에 돌아와서 본격적으로 글을 썼다. 그런데 마음만 본격적이었을 뿐, 특별한 행동을 한 것은 아니었다. 글쓰기가 무엇인지, 어떻게 써야 하는지도 모른 채 학창시절에 배운 기본 문법과 어깨너머로 배운 인터넷 지식을 망라하며 무작정 써 내려간 것이 전부였다. 글을 쓰는 행위 그 자체가 좋았다. 직장을 다니며 돈을 벌어야 한다는 평범할 수 있는 생각조차 들지 않을 정도였다. 글을 쓰고 싶다는 욕구가 판도라의 상자를 벗어나자 초원을 날뛰는 고삐 풀린 망아지와 다를 바 없었다. 손을 내밀어 고삐를 붙잡지 않았다. 오랫동안 좁은 상자에 갇혀 숨 막힌 세월을 보낸 욕구에 보내는 나름의 보상이었다.

어린 시절 공룡의 이름을 외우던 순간만큼 생각을 문자로 나열하는 글쓰기는 재미있으면서도 쉬웠다. 간혹 뒤죽박죽 섞인 생각이 원하는 문장과 문단으로 조합되지 않을 때 마주하는 막막함은 존재했지만, 알량한 실력이 전부라도 되는 양 거침없이 내달렸다. 유명한 작가들도 글쓰기가 어렵다고 말하는데, 나는 이처럼 쉽게 글이 써져도 되는지 의구심마저 들었다. 잠깐의 막막함을 버텨 내면 한 편의 글이 눈앞에 완성되어 있었다. 턱없이 높고 두텁던 글의 장벽이 한없이 낮고 얕아 보였다. 부끄러운 고백을 하나 하자면 서점에서 베스트셀러 책을 둘러보다 '이것도 글이라고 쓴 건가?'라는 생각을 한 적도 종종 있었다. 그 당시의 내 글들은 에고가 넘쳐흘렀다. 알에서 갓 태어난 새끼가 두 눈으로 바라본 하늘이 세상의 전부인 것처럼 거들먹거리며 글을 썼다.

그렇게 글을 쓰기 시작한 지 두 계절이 지났을 즈음이었다. 황현산 작가의 『사소한 부탁』을 읽은 후 거품으로 쌓인 내 세상은 산산이 부서졌다. 황현산 작가의 문장은 대나무처럼 유연하면서도 노송처럼 굳건한 힘이 있었다. 세상을 꾸짖는 듯하면서도 세상 만물을 끌어안는 힘이 있었다. 글을 읽으면서 '품격'이라는 단어가 떠올랐다. 글이 사람의 품격을 나타낸다는 말은 거짓이 아니었음을 깨달았다. 그동안 내가 글이라고 여겨왔던 문자들이 부끄러웠고, 그 시간이 한탄스럽기까지 했다. 내 시간과 노력이 무의미해져 버린 듯했다. 첫술에 배부를 리 없음을 알고 있었지만, 나는 은연중에 두 술에 배부르길 바랐었다. 일주일 뒤에 호흡을 가다듬고 책을 재독했다. 그동안 담아두었던 단순한 생각들을 고스란히 책 사이에 접어두었다.

벼는 익을수록 고개를 숙여야 한다고 생각하며 살았다. 사회에서 그렇지 않은 사람들을 본보기 삼아 겸손해지려 노력했고, 그 순간에 취하지 않으려 했다. 그런데 황현산 작가의 글을 읽고 만취해 있는 내 민낯을 보고야 말았다. 나는 그저 덩치만 큰 어린아이였을 뿐 속은 여물지 않은 채 겉으로만 강한 척하려 했다. 그때 내 민낯을 봤음에 감사하다. 덜 익은 오만함이 하늘을 향해 계속 솟구쳤다면 길지 않은 시간 내에 나는 글을 멈췄을 것이다.

그 이후 몇 가지 질문에 부딪혔다. 사회에서 이야기하는 안정적인 삶을 잠시 내려놓으면서까지 왜 글을 쓰려 하는지 나에게 다시 물었다. 글쓰기의 재미를 발견했다는 이유만으로 글 쓰는 삶을 연명하기란 쉽지 않아 보였다. 사회에서 말하는 일반적인 30대 남성은 먹고살기 위해 쉼 없이 노력해야 했다. 나도 범주에 속하는 평범한 사람이었다. 그리고 내가 진정으로 쓰고 싶은 글이 무엇인지 생각했다. 내 책 한 권을 가지고 싶었던 단순한 마음이 교통사고로 인해 쓰는 삶으로 바뀐 것은 인지한 지 오래였다. 하지만 삶이라 말하기에는 내 글이 참을 수 없을 만큼 가볍게 느껴졌다. 에세이 범주에서 말하는 가벼움이 아니었다. 유명한 문장을 인용하고, 오랜 사유 끝에 함축한 근사해 보이는 문장을 써도 글의 무게가 쉽게 느껴지지 않았다.

그렇다고 질문의 답을 갈구하지는 않았다. 정답이 있다고 확언할 수 없거니와 정답이라 말하는 경계의 입구까지 닿기에도 꽤 많은 시간이 필요하다고 생각했다. 조급증은 눈앞에 있는 진실마저 덮어 버리게 한다. 대신 글을 대하는 태도를 달리하려 했다. 가볍되 진중하게, 유머러스하되 우습지 않게, 유려하되 솔직하고 담백하게. 그러한 태도에 기반을 둔 채 읽고 쓰고 질문하는 단계를 지속해서 순환했다. 일련의 노력이 미약하면서도 선명한 빛을 발했다고 생각한다.

글을 쓰기 시작한 지 1년 6개월 만에 공저 한 권을 포함하여 3권의 책을 출간했다. 또한 지역 신문사의 칼럼 필진을 맡게 되었고, 프리랜서 편집자로 일하기도 한다. 더욱 놀라운 것은 강연이나 수업을 통해 타인에게 글을 이야기하며 수입을 벌고 있다는 사실이다. 이러한 삶을 꿈꿔본 적은 없다. 이룰 수 없는 것이 아닌 이룬다는 전제조차 무의미했다. 나와 가장 밀접한 관계라 여기는 가족과 친한 친구들도 생각이 다르지 않았다.

글로 밥을 먹고산다는 건 단순히 직업의 한 갈래일 뿐이다. 현시대에서 퇴사 후 프리랜서의 삶을 산다는 것은 그리 특별하지도, 놀랍지도 않은 일이다. 그러나 내 능력으로 뛰어넘을 수 없다고 여긴 거대한 장애물을 넘어버림으로써 마주한 결과였다. 언젠가는 필력에 따른 순수한 결과라고 말하고 싶지만, 아직은 차마 낯부끄러워 입 밖으로 꺼내지 못하고 있다. 걸어가야 할 길이 수만 리다. 다만 그토록 짧은 시간 동안 그 누구보다 노력했음은 스스로 부정하지 않으려 한다. 무언가를 성취하기 위해 노력하지 않는 사람이 어디 있을까. 그럼에도 이제껏 달려온 노력 중 가장 뚜렷한 발자국이라고 말하고 싶다.

그런데 지난겨울부터 초심이라 말하는 순간들이 조금씩 흔들리기 시작했다. 여기에는 생존이 큰 영향을 미쳤다. 사람은 불완전한 존재이다. 편함에 익숙해지거나 정신없이 바쁘면 초심을 유지하기가 쉽지 않다. 바다에 기름 몇 방울이 떨어져도 바다는 자정작용을 거쳐 원래의 상태로 돌아온다. 하지만 바다처럼 넓은 마음을 가진 사람일지라도 생존에 기반을 둔 여러 감정이 한 방울씩 떨어지면 자정작용은 무의미해진다. 인간은 변화와 함께 생존해온 존재인 만큼 초심을 유지하려는 노력 자체가 섭리를 어긋나는 것처럼 보일지도 모른다. 그렇지만 우리가 초심을 끊임없이 되새기는 이유는 처음의 마음가짐이 지금의 행위를 하는 데 가장 온전했던 순간임을 잘 알기 때문이다.

지난 1년 동안 불안정한 프리랜서의 삶을 견뎌내려 앞만 보고 열심히 달렸다. 주위를 둘러볼 시간과 여유도 없었다. 글로 먹고살기 힘들다고 말하는 시대에서 선택한 나름의 방편이었다. 시간의 효율성과 금액의 정도는 중요하지 않았다. 기고, 원고 편집, 강연

등 요청이 들어오는 일은 시간과 장소를 가리지 않고 손에 쥐었다. 그렇다고 돈을 많이 벌지는 못했다. 딱 먹고살 만큼이었다.

그러다 2020년 코로나를 마주했다. 모두가 그러하겠지만, 프리랜서는 코로나 시대에서 너무나 미약한 존재였다. 먹고살기 위해 발버둥쳤으나 한 번도 경험해본 적 없던 벽에 부딪혔다. 글을 써도 수입이 될 길이 없었고, 글에 대해 이야기하고 싶어도 마땅한 공간이 없었다. 무기력함이 온몸을 감싸 안으려 할 때쯤 한 장 분량의 글을 우연히 보게 되었다. 『사소한 부탁』을 읽고 난 후 어느 글쓰기 모임에서 적은 '내가 글을 쓰는 이유'였다.

오타투성이인 한 편의 짧은 글을 읽고 마음을 다잡았다. 환경에 휩쓸린 채 무의미하게 시간을 흘려보낼 수 없었다. 최대한 상황을 긍정적으로 생각하기로 했다. 이제껏 마주했던 질문들을 하나씩 수면 위로 다시 끌어올렸다. 먹고산다는 핑계로 애써 모른 척했을 뿐, 어느 순간부터 질문과 질문의 간격이 꽤 벌어졌음을 모를 리 없었다. 사유의 진전은 없었고, 생각의 찌꺼기들은 쓰기의 바다에서 정처 없이 표류했다. 글 쓰는 이유가 무뎌졌고, 어떤 글을 써야 하는지 흐려졌다.

어쩌면 당연한 일이었는지도 모른다. 나는 글쓰기의 기본이라 말하는 문법, 맞춤법 등이 약한 편이다. 한 편의 글을 완성한 후 맞춤법 검사기로 점검하면 흰 종이 위로 붉은 비가 쏟아졌다. 초고에 많은 힘을 쏟지 않는 이유이기도 하다. 책 한 권 분량을 A4 80페이지쯤으로 잡는다면 스스로 한 달 정도의 초고 마감기한을 둔다. 어차피 퇴고하며 글을 다시 바로잡아야 하기 때문이다.

그런데 어느 순간부터 기본기를 이야기하는 책들과 일정 거리를 두었다. 그러한 책을 읽어 내려갈 시간에 사유할 여지를 주는 책이나 출판 트렌드를 알 수 있는 베스트셀러를 읽는 게 더 나은 선택이라 여겼다. 초고를 쓰는 시간이 점점 늘어났다. 이는 퇴고할 에너지를 조금이라도 줄이려는 꼼수에 가까웠다. 퇴고에 안일해지면 좋은 글을 향해 나아갈 수 없음을 그 누구보다 잘 알고 있었지만 먹고살아야 한다는 이유로 느슨하게 여겼다. 마음의 여유가 없던 지난 1년 동안의 내 글은 스스로 생각하기에도, 타인이 보기에도 많이 부족했다. 어쩌면 지금의 글은 그 시간에 대한 반성에 기반을 둘지도 모른다.

코로나 시대를 살아가며 글 쓰는 프리랜서의 삶이 불안정함을 다시 한번 직시했다. 동시에 시간의 여유가 생기면서 내가 글 쓰는 이유를 재확인하는 계기가 되었다. 일거리가 줄지 않고 바쁘게만 살았다면 뒤늦게 마주했을 시간이다. 삶에는 언제나 양면이 존재한다. 내가 어떤 면을 마주하고 받아들이느냐에 따라 결과는 확연하게 차이가 날 것이다.

이전과는 달리 초심을 잃지 않으려 노력하고 있다. 타인에게 글을 이야기하기 전에 내가 글 쓰는 이유를 점검하며, 글 쓰는 목적성을 선명히 하려 한다. 이미 습관이 되어서인지 초고를 쓰는데 들어가는 시간을 줄이기는 힘들지만, 그래도 퇴고하는 에너지를 극한까지 몰아붙이려 한다. 그래서인지 요즘은 글 한 편을 쓰고 나면 더 깊게 진이 빠지는 느낌이다. 효율성과는 점점 멀어지는 듯하지만 나와 내 글을 더욱 빛내줄 하나의 과정이라 믿는다.

# 2장

·

글을 써야 하는 이유

# 하루에 1시간이면 충분하다

글을 쓰는 사람이 점점 많아지는 듯하다. 오랫동안 글을 써온 사람들은 지금처럼 글쓰기가 대중화되었던 적이 없었다고 말한다. 이러한 배경에는 SNS의 성장이 큰 영향을 미쳤지만, 결국은 '쓸 때'가 되어서일 것이다. 글쓰기는 이제 특정인의 전유물이 아니다. 이 글을 쓰는 내가 적확한 증거이다. 글쓰기를 전문적으로 배우지 않은 사람이 불특정 다수에게 글쓰기를 권유하는 글을 쓰리라고 는 20~30년 전만 해도 쉽게 상상하지 못했다.

그럼에도 아직 많은 사람이 글을 쓰지 않고 있다. 이전보다 상대적으로 문턱이 낮아졌을 뿐, 아직 다수에게는 자신의 키보다 문턱이 높다. 이는 써야 할 이유를 찾지 못해서이기도 하지만 바쁘기도 하고 쓰지 않을 이유가 많아서이기도 하다.

우리에게 주어진 하루는 똑같이 24시간이지만 시간을 어떻게 사용하느냐에 따라 각자의 삶이 달라진다. 그러나 '어떻게'와 상관없이 모두가 바쁜 것처럼 보인다. 바쁨에서 성별, 나이, 직업 등은 상대요소이며 절대치가 되지 않는다. 설명할 수 없는, 설명할 필요가 없는 각자만의 바쁨이다. 특히 한국인은 유독 몸과 마음이 바빠 보인다. 여러 나라를 여행하며 그 나라 사람들의 생각과 행동을 눈으로 보고, 귀로 담으면서 확신에 가까워졌다. 한국에서 3개월 이상 머문 외국인들과 이야기를 나눈 적이 있는데, 대부분 한국인의 바쁜 하루에 경탄이 담긴 놀라움을 표했다.

그렇다면 우리는 얼마나 바쁘고 시간이 없기에 누구나, 언제든 할 수 있는 '고작' 글쓰기를 못한다는 것일까? 글쓰기는 대부분 취미의 영역에 포함된다. 글쓰기를 업으로 삼는 사람이 아니라면 하루에 긴 시간을 투자하지 않아도 된다. 일주일에 1시간이어도 상관없다. 그런데도 우리는 시간의 가치를 들먹이며 바빠서 글을 쓰지 못한다고 이야기한다.

나는 중학교 1학년 아이들과 글쓰기 그룹과외를 하고 있다. 이 책에서 꽤 큰 비중을 맡은 아이들이다. 가끔 아이들에게 A4 반 장 분량의 독후감 숙제를 내준다. 정확히 말하면 아이들 스스로 택한 벌칙이므로 언제나 발생하지는 않는다. 아이들이 숙제를 못 해 오면, 그러한 이유를 논리에 맞춰서 이야기해달라고 요청한다. 그러면 "죄송합니다"와 "선생님, 제가요…"로 나뉜다. 후자의 경우 학교, 학원, 개인 사정 등 다양한 이유를 나열하지만 결국은 바빠서 독후감을 쓸 시간이 없었다는 쪽으로 귀결된다. 이미 정해진 답에 이유를 억지로 끼워 넣는 식이다. 언제나 똑같은 결과로 이어지는 상황에 나는 웃고 말지만, 아이들은 "정말 시간이 없었느냐, 게임을 하거나 놀다가 못한 것은 아니냐"를 주제로 자체 토론을 벌인다. 이야기를 가만히 듣고 있으면 아이들의 하루가 정말 바빠 보인다. 그 무엇보다 학업이 중요한 시기이기에 아이들은 시간이 지날수록 점점 더 바빠질 것이다.

이처럼 바쁜 10대들에게 성적과 직접적인 연관을 가지지 않는 글쓰기를 위해 시간을 내야 하는 건 꽤 어려운 일이다. 만약 고등학교 선생님이 학생에게 성적에 반영되지 않는 독후감을 요청한다면 학생이 아닌 학부모가 먼저 학교에 문제로 삼을지도 모른다. 애석하지만 실제로 지인이 직접 겪은 일이다.

성인이 되면 상대적으로 시간의 가치가 더욱 높아진다. 대학생은 등록금을 벌기 위해 학업과 일을 병행하느라 바쁘다. 대학의 유무와 상관없이 취업이라는 공통된 목표를 이루기 위해 하루를 25시간으로 활용하여 자격증을 획득하고, 공모전을 수상하며, 각자가 생각하는 특별한 경험을 준비한다. 이 과정에서 글쓰기도 자신만의 특별한 능력이자 기술이 될 수 있다. 그러나 다른 행위보다 효율성이 많이 떨어져 보인다. 실용글쓰기 자격증이 있으나 하루에도 몇 개씩 생겨나는 자격증의 홍수에서 살아남기란 영 쉬운 일이 아닌 듯하다.

흔히 말하는 사회생활이 시작되면 바쁨이 본격화된다. 하루하루가 생존을 위한 삶이다. 아침에 눈을 뜨고 밤에 눈을 감는 순간까지 시간에 허덕이는 사람을 주위에서 심심치 않게 볼 수 있다. 혹자는 돈과 명예에 눈이 먼 사람들의 이야기라 여길지 모르지만 평범한 우리들의 이야기다. 글쓰기 모임을 진행하면 모임 1시간 전에 1~2명씩 불참한다는 연락을 받는다. 이유는 언제나 야근이다. 야근으로, 회식으로 다크서클이 점점 깊어지는 이들에게 글쓰기는 한낱 사치에 불과할지도 모른다.

그나마 혼자일 때는 이 모든 활동에 시간 조절이 스스로 가능하나 함께일 때는 상황이 급변한다. 두 사람일 때는 서로의 시간을 존중하며 각자만의 즐거움을 즐길 수 있지만, 부모가 되면 개인의 시간은 우리의 시간에 흡수된다. 글쓰기 활동은 자신에게 온전히 집중해야 한다. 몰입의 최전선이다. 그러나 가장으로서, 부모로서 일정 시간을 보내고 나면 하루가 훌쩍 지나버렸음을 알게 된다. 글을 써 내려갈 일말의 집중력은 증발해버린 지 오래다. 시간이 흘러 자녀가 독립할 때가 되면 삶에서 가장 온전한 자기만의 시간을 가진다. 하지만 새로운 활동을 하는 것에 대한 두려움과 막막함이 눈앞을 가로막아 쉽게 발걸음을 내딛지 못한다. 가끔은 건강이라는 변수가 등장하기도 한다.

글을 쓸 수 있는 나이부터 글을 쓸 수 없는 순간까지 사람들은 바쁘다는 말로, 시간이 없다는 말로 글쓰기를 멀리하려 한다. 이들의 하루에서 해야 하는 활동을 순번으로 정렬한다면 우선순위에 글쓰기가 있을 확률은 극단적으로 낮다. 누군가는 시간을 들여 글을 쓰는 행위 자체를 이해하지 못할 수도 있다. 건강을 위해 큰맘 먹고 등록한 헬스장도 야근으로 못 가는 날이 허다한데, 시간을 들여 글을 쓸 필요성을 쉽게 받아들이지 못한다.

게다가 바쁜 일상과 그림자처럼 따라다니는 피곤함은 글쓰기를 가로막는 벽을 더욱 두껍게 만든다. 공부하느라, 일하느라, 아이 돌보느라 하루에 한정된 에너지를 다 써 버리면 펜 잡을 힘도 남지 않는다. 그저 몸과 마음을 침대 위에 내던지고 싶을 뿐이다. 그래도 고작 글쓰기이니 에너지 소모가 크지 않을 거라는 마음으로 무거운 몸을 이끌어 책상 앞으로 향한다. 그러나 글쓰기가 생각보다 에너지 소모량이 많음을 곧 깨닫게 된다.

글은 '뇌'라는 공장에서 만들어진 결과물이다. 한 가지 소재를 바탕으로 배경지식이 가미된 스키마가 작동하여 생각이 손의 움직임으로 이어진다. 이 과정이 원활하게 이루어지려면 일정 이상의 에너지가 지속해서 투입되어야 한다. 글이 잘 써지든, 안 써지든, 잘 쓰고 싶은 욕심이 들어가든 글 쓰는 시간이 길어지면 자연스럽게 에너지의 양도 비례하여 늘어난다. 긴 시간이 아닌 짧은 시간을 들일지라도 집중을 유지하기 위해서는 응집된 에너지가 필요하다. 앞서 말했듯이 글쓰기는 몰입의 최전선이기 때문이다.

이러한 과정이 일정 기간 지속되면 글을 쓰지 말아야 할 이유가 더욱 선명해진다. 여기까지 읽기만 했는데 벌써 글쓰기에 피곤함을 느끼는 사람도 있을 것이다. 아무것도 하지 않은 채 숨만 쉬어도 바쁘고, 피곤한 삶의 연속이다 보니 바쁨과 피곤함을 스스로 만들 필요는 없다고 생각한다. 그러는 사이 자신도 모르게 글쓰기를 하지 말아야 할 벽이 더 높고 단단해진다. 우리는 그 벽을 보고 자연스럽게 고개를 숙인다. 힘겹게 다시 고개를 들어도 벽의 높이와 두께만 재확인할 뿐이다.

현대 사회는 워라밸이 점차 강조되는 시대이다. 공적인 일과 사적인 삶의 균형이 맞아야 삶이 윤택해지고 더 나아가 개인과 국가의 품격이 올라간다고 말한다. 이러한 시대를 살아가는 우리는 사적인 삶에 투자하는 시간과 노력이 지속해서 증가하게 될 것이다. 사적인 시간도 바쁨의 한 축임이 분명하나, 학업과 일 그리고 가사노동을 제외하면 어떤 행위를 해도 괜찮을 것 같다는 마음이 든다. 그러나 하루라는 한정된 시간 내에서 우리가 할 수 있는 것은 제한되어 있다. 결국 글쓰기가 바쁜 하루에서 살아남는 활동이 되기 위해서는 각자만의 이유를 찾아야 한다.

여기서 많은 이유를 찾을 필요는 없다. 하지 말아야 할 이유가 100가지라도 할 이유가 명확한 한 가지면 된다. 학문에서 1〉100은 성립이 불가하지만, 삶에서는 가능하다. 거창한 이유가 아니어도 된다. 한 지인은 약간 덜 뾰족한 연필로 노트에 글씨를 쓸 때 생기는 '쓰는 소리'가 좋아서 글을 쓴다고 했다. 그녀는 상대적으로나, 절대적으로나 나보다 바쁜 삶을 지내고 있지만 그 순간이 좋아서 하루에 30여 분의 시간을 낸다. 우리는 생각보다 사소한 순간에서 바쁜 시간을 이겨낼 이유를 발견할 수 있다.

누군가는 그러한 생각을 할 시간조차 낭비라고 여길 만큼 바쁠지도 모른다. 주변에 사법고시, 공무원 시험 등 꽤 중요한 목표에 도달하기 위해 시간을 활용하는 사람들은 글쓰기뿐만 아니라 어떠한 행위를 할 조금의 여유조차 없어 보인다. 그들이 쏟아낸 노력의 결과물이 워라밸에서 얻는 균형의 가치보다 더 큰 보상이 될 수 있다. 그러나 하루 24시간 중 온전한 자기 시간을 가지지 못하는 삶은 어떠한 의미인지를 한 번쯤은 생각해봤으면 한다. 학업과

일도 온전한 자기 시간에 속하지만, 그와는 다른 결로 받아들여질 것이다.

긴 시간을 말하지 않는다. 하루에 1시간이면 충분하다. 글쓰기를 이야기하는 글인 만큼 1시간 동안 글을 쓰면 좋겠지만 그림이든, 운동이든 종류는 상관없다. 나는 그 시간을 명상, 독서, 스트레칭으로 채우는 중이다. 바쁜 하루에서 1시간을 자기 의지로 조절할 수 있다는 것은 삶을 주체적으로 살아가는 데 있어서 그 무엇보다 중요한 의미가 아닐까 싶다.

## 재미를 발견하다

소설을 쓰며 글이란 세상을 처음 마주한 순간에는 내가 모르던 새로운 차원을 만난 듯한 신비로운 이질감이 있었으나, 여행하며 글을 다시 만난 순간은 카타르시스에 가까웠다. 그렇지 않고서는 생애 언제 방문할지 모르는 아프리카에서 새로운 문화를 경험하는 시간을 줄여가며 글을 쓰고, 7인승 차에 10여 명이 타서 제몸 하나 못 가누는 상황을 어떻게 생동감 있게 표현할 수 있을지 고민하던 내 행동을 스스로 이해하기 어렵다. '왜 이러한 감정을 느꼈을까?'를 생각해보면 글쓰기에서 파생되는 재미라는 가치를 온전히 받아들였기 때문이었다.

여행을 마치고 한국에 돌아와 본격적으로 글을 쓰기 시작하면서 재미의 농도가 진해졌다. 농도의 진함을 지속하기 위해서 오랫동안 품었던 재미들을 하나씩 손에서 놓아야 했다. 대표적인 것이 술자리였다. 술자리에서 일어나는 상황들은 몇 권의 책을 쓸 정도로 글에 있어서만큼은 A급 재료이다. 그래서인지 몰라도 술이 들어간 글은 왠지 매력적으로 보이며, 문체마저 달빛에 머금은 술 한 잔처럼 사람을 몽롱하게 만드는 힘이 있다. 사람들이 좋아하는 작가인 어니스트 헤밍웨이, 스콧 피츠제럴드, 테네시 윌리엄스 등이 술을 좋아했던 이유도 마찬가지가 아니었을까. 그런데 나는 글의 재미를 장시간 유지하기 위해서 집중을 넘어 몰입에 젖어 들어야 했다. 외부에서 방해받지 않는 온전함이 유지될 때 글쓰기의 재미를 느꼈다. 그런 점에서 집중력을 방해하는 술이 내게는 좋지 못한 선택이었다. 가끔은 술자리보다 혼자 쓸쓸히 머리를 쥐어뜯으며 흰 여백을 채우는 순간이 재미있었다. 어쩌면 고독을 즐기는 방법을 알게 되었는지도 모른다.

행위에서 느낀 재미가 꾸준하게 이어지기는 힘들다. 재미를 기반으로 둔 활동이 취미에서 일이 되면 재미의 정도가 감소하기도 한다. 애석하게도 지금의 나는 이에 속한다. 어느 순간부터 나를 위한 글이 아닌 타인을 위한 글을 주로 쓰게 되었다. 글을 쓰면서 스트레스를 해소하는 양보다 내 글의 깊이가 얕음을 안타까워하는 데서 발생하는 스트레스의 양이 더 많다. 그래도 일정 기준 이상의 재미를 지속해서 유지하고 있다. 사실에 기반을 두는 에세이 부류의 글을 주로 쓰지만, 소설에서만 가능할 것 같은 가상의 세계를 똑같이 창조하고 있기 때문이다. 여백 가득한 백색 공간에서 만들어진 결과라 치부할지라도 그 과정에서 받아들이는 카타르시스가 재미를 유지하게 만드는 원동력이다.

그런데 글쓰기를 두고 나와 같은 재미를 논하는 사람이 많지 않아 보인다. 글쓰기가 만들어내는 긍정적인 효과는 인정하면서도 동시에 뇌는 지루한 행위로 인식한다. 아이들이 글쓰기만 시작하면 눈동자가 풀리고 연거푸 하품을 뿜어내는 이유일 것이다. 그렇게 되면 글쓰기는 그저 글자를 쓰는 노동이 된다. 노동의 가치와는 별개로 재미와 일정 거리를 둔다. 글로 돈을 버는 사람은 지루함을 이겨낼 수 있고 이겨내야만 한다. 그렇지 않은 대부분은 지루함 앞에 발을 뒤로 빼버리고 만다.

나는 글쓰기가 재미없거나 지루하지 않다고 생각한다. 팔이 안으로 굽어서가 아니다. 제3의 세상을 만들어내는 창조의 과정이 어찌 재미없을 수 있을까. 우리가 영화, 드라마, 웹툰을 보며 재미와 카타르시스를 느끼는 이유는 우리가 사는 현실이 아니기 때문이다. 글에서는 언제나 그러한 세상의 창조가 가능하다. 다만, 다른 재미있는 활동과 비교했을 때 상대적으로 지루하게 느낄 수 있다. 글쓰기 본연의 문제라기보다는 세상에 재미있는 행위가 너무 많은 것이 문제이다.

모두 바쁜 삶을 살아가지만 면밀히 들여다보면 일정 시간의 여유가 존재한다. 이때에는 대부분 이득과 재미를 기준으로 두고 시간을 소비한다. 이득이란 노력, 시간, 돈을 투자하여 물질적인 결과물을 얻는 것을 목표로 한다. 퇴근 후에 외국어 학원에 가고, 주말에 자격증 공부를 하는 것이 이에 해당된다. 목적을 달성하는 과정에서 피곤함이 뒤따라온다고 해도 원하는 결과물이 손에 쥐어지는 성취 앞에서는 눈 녹듯이 사라져버린다. 재미도 물질적인 보상을 손에 쥘 수 있으나 정신적인 부분에 조금 더 치우친다. 재미만 있으면 물질과 상관없는 성취와 쾌감을 느낄 수 있다.

내가 아는 A는 주말 내내 소파에 누워 게임방송을 본다. B는 잠들기 전에 온라인 플랫폼으로 1~2시간가량 먹방(먹는 방송)을 보며, 가끔은 방송 DJ에게 돈을 보내기도 한다. 누군가는 이들의 행동을 이해하지 못한다. 그러나 A와 B는 재미있으니 괜찮다고 이야기한다. 재미가 진해지면 즐거움이, 즐거움이 기를 내뿜듯이 뿜어져 나오면 기쁨이 된다. 기쁨까지 흘러가지 않더라도 재미만 있으면 돈과 시간을 소비하는 행위가 허락된다. 이는 비단 A와 B만의 이야기는 아닐 것이다.

그러한 점에서 글쓰기는 상대적이든, 절대적이든 재미있어야 한다. 글쓰기를 업으로 삼는 사람이 아니라면 수면 위로 드러나는 물질적인 이득이 거의 없다시피 하다. 이득이 없으면 지속해야 할 동기부여가 떨어질 수밖에 없다. 시대가 변하면서 SNS에 올린 글의 파급력이 점점 커지고 있으나, 이득을 손에 쥐는 사람은 아직 일부에 불과하다. 글쓰기에 재미를 느끼지 못하면 돈만큼 소중한 '남는 시간'에 글을 써야 할 이유가 증발해버린다.

아이들은 수업이 끝나고 남는 시간에 만화와 게임을 주로 선택하며, 최근에는 유튜브가 그 자리를 대신하기도 한다. 객관적으로 글쓰기가 재미에서 이들을 이길 수 있을까? 불가하지는 않겠지만 '거의'라고 생각해도 될 것 같다. 적어도 내가 글쓰기로 만난 100여 명의 아이 중 1명을 제외하고는 예외의 범주에 속하지 않았다. 비록 그 아이의 재미가 글쓰기 자체가 아닌 글씨를 쓰는 행위에 대한 재미였으나 포괄적인 관점에서라고 보면 될 것 같다.

성인이 되면 돈이라는 재화가 더해져 재미의 폭이 기하급수적으로 늘어난다. 그중 우리는 몇 가지를 선택하여 취미로 삼는다. 글쓰기가 취미의 경쟁에 참전할 기회는 있다. 문제는 상대적으로 돈이 적게 들어가는 것을 제외하면 재미에서 특별한 이점이 보이지 않는다는 것이다. 주위에서 글쓰기를 취미로 말하는 사람을 찾기 힘든 이유이다.

글쓰기에서 재미를 쉽게 발견하지 못하는 이유는 긴 시간이 필요하기 때문이다. 대부분 재미를 발견하기 전에 지루함을 먼저 마주하게 된다. 글쓰기는 자극적인 인스턴트 음식이 아닌 유기농 재료로 만든 친환경 음식에 가깝다. 친환경 음식은 특유의 심심한 맛을 음미하기까지 꽤 오랜 시간이 필요하다. 이처럼 글에서 재미를 느끼려면 일정 기간 이상 글을 써야 하며, 그 과정에서 넘어오는 글쓰기의 수많은 효과 중 한 가지를 온전히 받아들임으로써 재미가 발화한다. 하지만 일정 기간 글을 쓰려면 억지로 쓰지 않는 한 재미있어야 한다. 못 뚫는 방패가 없는 창과 못 막는 창이 없는 방패가 존재하는 명백한 모순이다. 결국 우리는 모순의 늪에서 헤어나오지 못한 채 글쓰기를 손에서 놓게 된다.

어쩌면 우리는 글쓰기에 가장 적합하지 않은 시대에 살고 있는지도 모른다. 할 것도, 재미있는 것도 너무 많은 세상이다. 프란츠 카프카, 조지 오웰, 알베르 카뮈가 살았던 시대와는 주변 환경이 다르다. 그들이 유튜브의 무한 알고리즘에 빠졌다면 『변신』, 『1984』, 『이방인』 등 수많은 명작이 세상에 얼굴을 드러내지 않았을지도 모른다. 물론 그들은 글이 주는 온전함을 받아들였기에 또 다른 명작이 탄생했을 것이다.

그럼에도 우리는 글쓰기의 재미를 발견할 수 있다. 글쓰기에는 지루함을 감내할 만큼의 이점이 많다. 문제는 보이지도, 쉽게 잡히지도 않는다. 기회의 신이라 불리는 카이로스의 뒷머리는 기회가 왔을 때 주저하지 말고 낚아채라는 말이면서도 발에 달린 날개는 그만큼 쉽게 잡지 못한다는 뜻이기도 하다. 우리가 글쓰기의 이점을 쉽게 손에 쥔다면 적어도 글쓰기가 재미없고 지루하다는 말은 하지 않을 것이다.

수능이 끝난 후 몸무게가 100kg에 가까웠던 적이 있다. 자연스럽게 살이 빠질 거라 생각했지만 몸에서 수시로 경고를 보낸 탓에 집 근처 초등학교 운동장에서 밤마다 2시간씩 뛰기 시작했다. 평소에 운동과는 거리가 멀었던 터라 일주일 중 3일은 속을 게워 낼 만큼 고되고 힘들었다. 살을 빼겠다는 일념으로 달렸음에도 2주 동안 3kg밖에 빠지지 않았다. 그때부터 지루함을 마주했다. 숨이 차오르지 않았음에도 재미가 없고 지루해서 달리다 멈추기를 반복했다. 그러나 다시 마음을 부여잡고 묵묵히 계속 달려서 결국 70여 일 만에 25kg을 감량했다.

몸무게를 줄였다는 성취와 더불어 달리기가 건네는 긍정적인 효과를 받아들였다. 지루함을 넘어서자 황홀감이 다가왔다. 아마도 일정 시간 달리기를 하면 몸이 가벼워지고 머리가 맑아지면서 도취감을 느끼는 러너스 하이(runners high)였을 것이다. 그 순간의 쾌감에 빠져 달리기의 재미를 느꼈고, 이후 마라톤 대회에도 몇 번 출전했다. 10km를 40분대에 끊은 날의 희열은 말로 표현하기 힘들 정도였다. 얼마 후 다른 것에 시간을 빼앗기긴 했지만, 이미 달리기의 재미를 몸에서 받아들인 이후였다.

글쓰기는 아이가 한 발짝씩 내딛듯 해야 한다. 지루하고 재미없겠지만, 쓰고 견디다 보면 재미를 만날 확률이 높다고 믿는다. 쓰다 보면 인터넷에 올린 글의 사람들 반응에 혹은 연인에게 편지를 건넨 후 감동하여 눈물 흘리는 모습에 뜻하지 않게 재미를 발견할 수 있다. 나와 이 책을 읽는 사람은 글쓰기의 재미가 건넨 희열을 경험했거나, 경험하길 원하는 사람일 것이다. 그렇지 않고서는 각자의 소중한 시간에 이 책을 읽을 이유가 없기 때문이다.

## 쓰지 않으면 누구도 알 수 없다

인스타그램에서 여섯 줄 정도의 짧은 글에 마음을 빼앗긴 적이 있다. 유명 작가가 아닌 인스타그램에 글을 올리는 수많은 사람 중 한 명이었다. 그의 소개에서 또렷이 기억나는 한 가지는 '글을 좋아합니다'이다. 새벽에 2시간가량을 들여 그가 남긴 글들을 하나씩 읽은 후 가장 먼저 읽은 글 밑에 '글을 잘 쓴다'라는 의미를 담은 감사 메시지를 남겼다. 다음 날 그는 답글을 남겼다.

"고맙습니다. 그런데 저는 글을 잘 쓴다고 생각해본 적이 없습니다. 덕분에 오늘은 조금 더 힘을 내서 글을 쓸 수 있겠습니다."

얼마 후 그의 계정은 보이지 않았고, 내 글에 답글로 남긴 세 문장이 내가 본 그의 마지막 글이 되었다. 나는 그의 말을 겸손으로 받아들였다. 독자와 필자의 시선으로 봤을 때 그는 명백히 글을 잘 쓰는 사람이었다.

삶에서 '잘함'은 언제나 상대적인 영역에 속한다. 누군가는 '잘'로 인해 풍요로운 삶을 누리지만, 누군가는 '잘'의 강박에서 벗어나도 삶의 목적이라 말하는 행복에 닿을 수 있다고 한다. 분명한 것은 지금의 우리에게 필수 불가항력으로 적용되는 단어임을 부정하기 어렵다는 사실이다. 직접 잘함을 강요받지 않더라도 환경에서 자연스럽게 받아들이게 된다. 그러한 과정에서 잘함은 무의식에 깊게 뿌리박힌다. 성격과 환경에 따라 정도의 차이가 있을 뿐, 인간은 잘함과 잘하지 못함을 의식하고 판단하는 존재이다.

주위를 보면 글을 잘 못 쓴다고 생각하는 사람이 많은 것 같다. SNS에서 만난 그의 말처럼 겸손일지도 모른다. 지금은 자신을 드러내야 살아남는 시대라고 하지만, 불과 몇 년 전까지만 해도 겸손하지 못한 사람은 둥근 원에서 모서리처럼 튀어나오려는 사람으로 받아들여져 그다지 반가운 시선을 건네지 않았다. 그런데 시간이 지날수록 내가 생각하는 겸손이 아님을 알았다. 적어도 내가 만난 사람의 9할은 그러했다. 2008년 국립국어원에 따르면 우리나라 문맹률은 1.7%에 불과하며, 현재는 1%가 채 되지 않는다고 한다. 그런 의미에서 글쓰기를 하지 못하는 사람도 1%가 채 되지 않을 것이다. 그럼에도 사람들이 글을 잘 못 쓴다고 말하는 데는 사회에서 만들어진 글의 관념이 큰 영향을 미쳤기 때문이리라.

아이는 부모가 내뱉는 소리를 듣고 따라 하며 말을 배운다. 말을 늦게 떼는 아이도 있으나 일정 교육을 거쳐 초등학교 고학년 정도가 되면 자기 생각을 충분히 말로 표현할 수 있다. 그러나 글은 말과 달리 교육의 관점으로 접근할 수밖에 없다. 그 과정에서 부모의 욕심이 개입된다. 처음에는 아이가 자음과 모음을 따라 적기만 해도 만족을 느끼지만, 점차 사회가 바라는 시선이 더해진다. 조금 더 다양한 단어를 쓰고, 맞춤법을 맞추며, 글씨를 예쁘게 쓰고, 논리 정연한 문장을 적기를 바란다. 잘못된 생각이라 말할 수 없다. 부모라면 대부분 같은 마음일 것이며, 아이들을 가르치는 나로서도 크게 다르지 않다.

이러한 과정에서 아이들은 글쓰기에 자신감을 잃어버리고 부

_끄_러움을 느끼게 된다. 용돈 받은 기쁨을 일기에 제대로 표현하고 싶은데 아는 단어라고는 '기쁘다', '행복하다'가 전부이다. '같이'라는 단어를 수십 번 들었으나 적을 때만 되면 '가치', '갔이'가 생각난다. 어휘 부족이 만들어낸 결과이다. 글씨를 예쁘게 적으려 해도 귀찮아서 획획 휘갈기다 보면 엄지손가락만 한 글자가 뱀 지나가듯 한다. 주장에 근거를 붙이기까지는 꽤 먼 거리가 남아 있다.

대다수의 부모와 선생님은 괜찮다고 말하지만, 누군가는 사랑으로 포장된 비난을 던진다. 아이들의 글쓰기 자신감은 점점 바닥으로 가라앉아 버리며, 글쓰기는 재미없고 지루해지는 활동이 된다. 글을 적어야 할 때면 자신을 '어차피 글을 잘 못 쓰는 사람'으로 단정짓고 밀린 숙제하듯 무의미하게 글을 적는다. 글쓰기는 글자를 쓰는 노동이 된다. 글이 싫어지는 악순환의 시작이다.

성인이 되면 학창시절에 배웠던 일정 수준의 문법과 단어를 활용해서 자신의 생각을 원활히 글로 옮길 수 있다. 그럼에도 글을 쓰지 않는 것은 자신이 정해 놓은 글의 기준이 큰 역할을 하기 때문이다. 살아오면서 자신의 눈으로 보고 읽은 텍스트를 하나의 집합체로 나열시킨 후 쓰기의 기준을 확립하게 된다. 글쓰기라고 말하는 행위를 해본 적이 없던 사람조차 자연스럽게 이 과정을 거친다. 텍스트를 많이 접한 사람일수록 기준이 더욱 선명하다. 기준을 바탕으로 타인의 글뿐만 아니라 자신의 글도 평가한다. 기준선을 넘지 못하면 스스로 글을 잘 못 쓴다고 판단하여 타인에게 글을 드러내지 않으려 한다. 우리는 타인의 시선에서 자유롭지 못할 때가 많은데, 이는 글에서도 똑같이 적용된다. 대표적인 일례가 맞춤법이다.

글은 말과는 달리 정해진 시간 내에 몇 번이고 점검하며 수정할 수 있는 매력이 있는데, 아이러니하게도 그것이 쓰기 스트레스를 불러일으키는 요소가 되기도 한다. 시대가 바뀌면서 온라인에 글을 쓰는 행위가 일상이 되어 간다. 온라인에서는 자료 검색, 맞춤법 확인 등 글쓰기와 관련된 여러 가지 도움을 받을 수 있다. 그러나 인스타그램, 페이스북 등 단문의 글을 주로 올리는 플랫폼에 글을 쓸 때는 이러한 시간과 노력을 별도로 들이지 않는다. 그래서인지 유독 맞춤법 실수가 많이 보인다. 단순히 웃어넘길 수 있는 일이기도 하지만 누군가는 그러한 부분을 뽐내듯이 지적한다. 그들은 개구리가 작은 조약돌에도 큰 상처를 입을 수 있다는 생각을 하지 못했을 것이다. 몇몇 지인이 SNS 계정을 탈퇴한 이유이기도 하다.

오프라인에서는 이러한 부분이 더욱 두드러진다. 오프라인 모임에는 커리큘럼과는 상관없이 타인의 글을 비평하되 비난하지 않는다는 암묵적인 규칙이 있으나 비평이란 이름으로 비난을 던지는 사람이 있다. 대부분 글의 완성도보다는 맞춤법, 주술 관계 등에서 발생한다. 오프라인은 온라인과는 달리 외부의 도움을 받기 힘들다. 그래서 온라인보다 더 많은 실수가 발생하는데 누군가는 매가 먹이를 낚아채듯 한다. 매의 앞발에 배를 관통당한 사람은 부끄러움으로 피를 흘린다.

강연에서 만난 한 사람은 글쓰기 모임에 나가지 않는 이유를 이야기하면서 "저는 어느 정도 사회적 지위가 있는 중견 기업 대표인데, 혹시나 맞춤법이라도 틀리면…"이라고 했다. 또 다른 한 사람은 맞춤법 지적에 부끄러움을 느껴 2년 동안 절필했단다. 누군가는 대수롭지 않게 여길지도 모른다. 그런데 나도 글쓰기 모임에서 그들과 비슷한 이야기를 들었을 때 생각 이상으로 얼굴이 화끈거렸다. 고작 맞춤법 때문에 마치 내 학창시절 지식이 드러난 것만

같았다. 더 나은 글을 위해서는 타인의 의견이 필요하지만, 말의 태도에서 의미가 달라진다는 점을 우리는 잘 알고 있다.

맞춤법을 일례로 들었을 뿐 각자만의 이유로 자기 글이 부족해 보인다고 판단하며, 상대의 반응을 가능한 한 피하려 한다. 살아온 지식의 절대치가 글쓰기에서 드러나지 않기를 바란다. 이러한 과정이 반복되면 타인의 평가가 억압으로 이어지고, 예상된 부끄러움은 시간이 흘러 막연한 두려움으로 번진다. 두려움은 행동의 발목을 잡게 되고, 글은 혼자만 보는 일기장 안에 고이 남게 된다. 각자의 바쁨으로 일기를 쓰던 시간마저 사라지면 우리는 글에서 자연스럽게 멀어진다.

어쩌면 우리는 한 가지 착각을 하는지도 모른다. 누구나 글을 쓸 수는 있지만, 아무나 글을 잘 쓸 수는 없다. 잘한다는 것은 소위 말해 전문성을 뜻한다. 어떠한 행위든 전문가의 영역에 발을 내딛기 위해서는 일정 이상의 노력이 필요하다. 공부를 잘하고 싶으면 꾸준히 공부해야 하고, 운동을 잘하고 싶으면 꾸준히 운동해야 한다. 그러나 우리는 꾸준히 쓰지 않고, 읽지 않으면서 글만 잘 쓰려고 하는 것이 아닐까. 글이라고는 써 본 적 없는 한 사람이 천

부적인 재능이 있지 않은 한 처음부터 잘 쓸 리는 만무하다. 그렇다고 혼자만 볼 글을 쓸 마음이 아니라면 잘 쓰고 싶은 욕구를 버릴 필요는 없다. 글을 읽고 쓸 줄 아는 사람들의 본질적인 욕구일 뿐이다. 우리가 해야 하는 것은 부족함을 인정하는 일이다.

이러한 부분을 슬기롭게 극복한 사람이 있다. 『회색인간』의 저자인 김동식 작가는 책을 출간하기 전에 단편 소설을 매일 한 사이트에 올렸다. 스스로 부족하다고 말할 만큼 당시에는 오타투성이었다고 한다. 그러면 먹이를 찾는 하이에나처럼 사람들이 오타와 문맥을 지적하고, 누군가는 작가의 지식을 폄하하기도 했다. 김동식 작가는 그들의 주장을 인정하고 의견을 수용했다. 이후 올린 글에도 부족함이 있었지만, 이전과 똑같은 부분에서는 문제가 발생하지 않았고 사람들은 그런 모습에 팬이 되었다.

이와 관련하여 김동식 작가는 "정말 몰라서 저보다 나은 분들에게 도움을 받았을 뿐입니다. 특별한 행동이 아니었습니다. 그때의 경험이 조금 더 나은 글을 쓸 수 있는 원동력이 되었습니다"라고 했다. 그는 부족함을 열등감과 부끄러움으로 느끼지 않고 수용함으로써 글을 쓴 지 3여 년 만에 10여 권의 책을 출간할 수 있을 만큼의 필력을 갖추게 되었다.

글쓰기가 무엇인지 몰랐던 내가 할 수 있는 것은 부족함을 인정하는 일이었다. 타인의 지적에 얼굴이 화끈거리기도 했지만, 부족한 것에 부끄러움은 없었다. 노력하지 않고 결과를 원하던 시기는 지나버린 지 오래였다. 한 인터뷰에서 최민식 배우에게 아이돌의 연기 논란에 관한 의견을 물었다. 최민식 배우는 "그들에게 연기를 가르쳐 준 사람이 없어서 부족할 뿐, 아이돌이 될 만큼의 노력이면 연기도 충분히 잘할 수 있다"라고 말했다. 만약 내가 문호라고 불리는 이들만큼의 노력을 했음에도 타인에게 글을 잘 쓰지 못한다는 말을 듣는다면 글을 손에서 놓게 될지도 모른다. 그러나 아직 그 단계까지 가려면 꽤 많은 시간이 필요함을 잘 안다. 다행히도 내게는 시간의 절대량이 아직 많이 남아 있다.

부족함을 인정하기 어렵다면 명품 매장에서 카드를 긁는다는 기분으로 그냥 글을 지르는 것도 괜찮다고 생각한다. 자신의 글이 세상의 감탄을 불러일으킬지도 모른다. 지금 이 글을 읽는 사람의 필력이 베스트셀러 작가 못지않을 수도 있다. 다만 꺼내지 않으면 누구도 알 수 없다. 꺼낸 후에 모든 걸 판단해도 괜찮다.

# 상처 난 마음을 치료하는 법

2018년 한 해 최다 판매량을 기록한 도서는 『곰돌이 푸, 행복한 일은 매일 있어』이다. 우리에게 친근하고 익숙한 캐릭터를 활용해 지친 현대인들에게 잔잔한 위안을 건넸다. 이 밖에도 『나는 나로 살기로 했다』, 『하마터면 열심히 살 뻔했다』 등 힐링 에세이가 대유행했으며, 이는 지금까지도 꾸준히 반영되고 있다.

힐링은 주로 게임 내에서 캐릭터의 줄어든 생명 에너지를 회복시키는 의미로 사용되었다. 그러나 어느 순간부터 우리가 가진 힘들고 아픈 상처를 각자만의 방식으로 회복하는 일상어가 되면서 현대인에게 없어서는 안 될 삶의 중요한 가치가 되었다. 타인보다 자신을 존중하며 우선으로 삼는다는 자존감에 기반을 두고, 사람들의 마음에 힐링 바람이 불었다.

자아존중감의 줄임말인 자존감은 몇 년 전부터 각종 방송 매체와 서점에서 쉽게 접할 수 있는 키워드였으며, 열풍과 광풍을 넘어 힐링과 마찬가지로 이제는 일상어가 되었다. 일부의 심리학자들은 자존감의 정의가 불분명함을 들어 사용을 자제해야 한다고 말하기도 하지만, 이미 대중에게 자존감의 정의를 논하는 단계는 넘어선 것처럼 보인다. 사람들은 '왜'가 아닌 '어떻게' 해야 자존감을 회복하고 높일 수 있는지를 끊임없이 연구하며, 그에 맞춰 시간과 돈을 소비하려 한다.

스스로 마음먹은 정도에 따라 결과가 달라지므로 누군가에게는 공기를 들이마시는 행위만큼 간단하고 쉬운 일이다. 그러나 우리는 자존감이 그렇게 쉽게 손에 쥐어지지 않음을 잘 안다. 만약 쉬웠다면 끊임없이 쏟아지는 자존감 관련 도서는 의미가 무색해졌을 것이다. 외부에서 불어오는 작은 파동은 마음으로 수백, 수천 번 다짐하며 쌓아 놓았던 내면의 모래성을 순식간에 무너뜨린다. 쉽게 쌓아올린 모래성일수록 더 쉽게 무너진다. 그래서 우리는 끊임없이 자존감을 높일 방법을 찾는지도 모른다. 어떠한 물리적 이윤이 발생하지 않더라도 긴 인생에서 한 번은 내 힘으로 찾길 원하는 가치이기 때문이다.

여행하면서 알게 된 S의 이야기를 잠깐 해보려 한다. 그는 오랫동안 우울증을 앓았고 스스로도, 타인의 시선에서도 자존감이 매우 낮은 사람이었다. 그러다 우연히 자기계발서 한 권을 읽고 자존감을 회복하고자 '어떻게'를 열심히 찾았다. 많은 사람이 여행을 추천하여 동남아를 시작으로 유럽, 남미, 아프리카로 발걸음을 옮겼다. 힘든 여행에서 깨달은 가치들이 자존감을 높이는 근간이 될 수 있으리라 믿었으나 특별한 변화를 맞이하지 못한 그는 음악으로, 식물로 방향을 옮겼다. 그리고 글을 만났다. 글을 쓰는 순간, 자존감이 높아지는 느낌을 받았다고 한다. 그토록 찾고 싶었던 자존감을 찾았기에 글을 꾸준히 써보려 했으나 잘 못 쓴다는 이유로 차츰 멀리하게 되었다. 펜을 놓고 보니 올라갔다고 생각했던 자존감은 다시 제자리로 돌아왔다. 지금 그는 글을 쓰지 않는다. 언젠가 다시 쓸지 모르니 '지금은'이라는 여지를 남겨놓는다.

많은 사람이 이와 비슷한 경험을 했으리라 생각한다. 나도 자존감을 높여주는 방법에 대해 끊임없이 갈구하고 욕망했다. 시간이 약이라고 하나 짧은 시간에 문제를 해결하면 더 나을 것이라 생각했다. 그런데 시간이 흐르면서 내가 하는 행동이 강박이 되고 있음을 알았다. 강박은 내게 상처로 돌아왔고, 이를 해결하려 또 다른 강박을 찾았다. 상처는 곪아갔으나 살필 여력이 없었다. 자존감을 회복할 방법만 찾는다면 모든 게 좋아지리라 생각했다. 다행히도 상처가 아물지 못할 수준이 되기 전에 글을 만났다.

글쓰기는 무너진 자존감을 회복하고 상처 난 마음을 치료하는 좋은 행위이다. 치료라는 단어가 어색하게 들릴지도 모르겠지만, 나는 자존감을 위해 글을 수단으로 삼는다면 치료의 관점으로도 볼 수 있다고 여긴다. 스스로 그 순간을 경험했기에 조금은 확신을 더하여 말할 수 있다. 글을 쓰며 자존감을 회복하지 못하고 상처 난 마음을 치료하지 못했다면 나는 이 글을 쓸 명분도, 더는 글을 끌고 갈 힘도 없었을 것이다. 정확히는 이 글을 읽는 사람이 다음 페이지를 넘길 이유이다.

그러나 글쓰기와 관련된 모임에서 사람들과 이야기를 나누다 보니 글쓰기만 시작하면 자존감을 회복하고 높일 수 있다는 오해가 팽배한 듯 보였다. 그들은 글쓰기의 힘을 맹신한 채 글을 썼다. 동시에 자존감이 회복되지도, 높아지지도 않는다는 이유로 글을 멀리하기도 했다. 글쓰기는 자존감을 회복하는 방법의 하나일 뿐 만병통치약이 아니다. 단순히 쓰는 행위를 한다고 해서 자존감에 큰 영향을 미치지 않는다. 몇 시간을 들여 완성한 글 한 편에 자존감이 회복되는 느낌을 받을 수는 있으나 긍정적인 믿음에서 이어지는 플라세보 효과일 가능성이 크다. 글쓰기와 자존감이 연결고리를 지니려면 몇 가지 조건이 발화되어야 한다. 그중에서도 지속성과 드러냄이 충족되지 않으면 글쓰기에서 자존감을 마주하기란 쉽지 않다고 생각한다.

한 번의 글은 마음의 겉면에 닿는 순간 산화될 확률이 높다. 잠깐의 불꽃이 마음에 울렁임을 줄 수 있으나 순간에 가깝다. 우리는 꾸준하게 글을 씀으로써 발화하는 글쓰기의 가치에서 자존감을 마주해야 한다. 그런데 글을 쓰는 이유가 선명하지 않으면 꾸준하게 글을 쓰기란 쉽지 않다. 채연숙 교수는 저서 『글쓰기치료』에서 쓰기가 치료로 이어지려면 필자의 자기규정이 필수로 이루어져야 한다고 했다. 자기규정은 필자가 글을 쓰는 이유, 쓰는 의미, 글의 성격 등을 말한다. 즉 자기규정이 이루어지지 않은 글은 꾸준하게 쓸 힘이 없는 것은 물론이거니와 치료로까지 이어지기가 힘들다는 의미이다. 쓰는 이유가 명확해지려면 꾸준히 글을 써야 한다. 어느 것 하나 쉽지 않은 현실이다.

드러냄은 지속성이 발화되기 전에 이루어져야 하는 단계이다. 글은 언제나 자신의 과거와 마주한다. 그 순간들은 삶을 살아갈 원동력이 되기도 한다. 쓰는 행위로 희미한 과거를 마주한다면 이왕이면 행복하고 즐거운 순간이길 바라는 게 인간의 본성이다. 그러나 우리의 뇌는 행복한 기억보다 아팠던 기억을 3배가량 더 오래 기억한다고 한다. 아무리 좋게 생각해도 아픈 기억은 긍정보다 부정에 가깝다. 나이와 성별을 막론하고 부정적인 기억을 마주하는 건 유쾌하지 않은 일이다. 불쾌에 가까운 경험을 타인에 의해서가 아닌 스스로 판단에 의해 밖으로 드러내는 것은 어려운 일임이 분명하다. 차라리 아픈 기억을 꺼내지 않기 위해 글을 쓰지 않는 게 오히려 논리적이며 합리적인 결정이다. 이러한 이유로 글쓰기에서 자존감을 마주하기란 쉽지 않다. 아픈 상처를 마주하지 않고,

단 한 번의 쾌감으로 자존감을 회복시켜주는 행위는 분명히 어딘가에 존재할 것이다. 내가 아직 발견하지 못했을 뿐이다.

　아프리카에서 현지인 친구의 제안으로 잠시 의료 봉사 활동을 한 적이 있다. 돈이 없거나, 언어를 못해서 상처를 치료받지 못하는 아이들이 대상이었다. 작은 상처로 시작할지라도 간단한 치료조차 받지 못하면 바이러스가 퍼져 팔과 다리를 절단하거나 심각하면 목숨까지도 건사하지 못했다. 나와 친구들은 소독한 가위로 썩어 너덜너덜해진 아이들의 피부를 자르고, 상처 주위를 요오드액으로 소독한 후 속살에 연고를 발라 주었다. 상처 부위가 넓은 아이에게는 거즈로 상처 주위를 둘러준 뒤 주의사항을 건넸다. 우리가 가진 조건에서 할 수 있는 최선이었다.

　글을 쓰며 과거의 아픔을 마주한다는 건 아이들의 피부를 자르는 일과 같다. 썩어서 너덜너덜해진 피부일지라도 결국은 살갗을 자르는 일이다. 아이들은 입술을 꽉 깨물며 고통을 참아보려 하지만, 신음은 어떻게든 입술 사이를 비집고 밖으로 흘러나온다. 살갗을 자르지 않은 채 치료하면 효과가 더디다. 우리의 아픔도 마찬가지다. 슬프고 아팠던 그때만 생각하면 기분이 무기력하고 우울해진다. 심지어 공허해지기도 한다. 그러나 부딪히고 직면해야 한다. 썩은 상처를 도려낸 그 자리에 약을 바르고 치료하기 위해서다. 구멍 난 독에는 물을 계속 부어도 물이 차지 않는다. 썩은 상처와 치료된 상처 중 새살이 어느 위로 돋아나게 할지 결정하는 건 온전히 자신의 몫이다.

나는 심리학 전공자가 아니다. 심리학에 관해서 아는 지식은 책이나 인터넷에서 배운 어깨너머의 정보가 전부이다. 그러나 글쓰기를 통해 자아를 발견했고, 심해에 가라앉았던 자존감이란 배를 서서히 끌어올리는 중이다. 그렇다고 믿고 싶은 나만의 환상이라 치부하기에는 자아라 말하고픈 순간을 느꼈던 1년 전, 그날의 카타르시스를 잊지 못한다. 그 순간을 글로 자세히 풀어낼 수 없는 필력을 가진 것이 그저 안타까울 뿐이다. 나는 과거를 직면하여 그때의 나를 받아들이며, 이로써 만들어진 가치를 원동력으로 현재의 삶을 열심히 살아가고 있다. 과거의 기억이 지워지지 않은 채 선명해졌음에도 잘 살아가는 이유이다. 나만의 이야기는 아니라고 생각한다. 내 주위에도, 이 글을 읽는 사람의 주위에도 있을 것이다. 만약 글로 자존감을 회복하지 못했다면, 적어도 자존감

때문에 글을 쓰라고 말하지는 못한다.

자존감을 마주하고 회복하기 위해 꾸준히 글을 쓰며 과거의 나를 밖으로 드러낸다는 건 몹시 어려운 일이다. 만약 짧은 시간에 글쓰기에서 자존감을 발견하여 글 쓰는 이유가 선명해졌다면 두 팔 벌려 환영할 일이지만, 나는 천천히 긴 호흡으로 글쓰기를 마주했으면 하는 바람이다. 100m를 달리려면 잠깐의 스트레칭만으로도 완주할 수 있지만, 42.195km를 달리려면 꾸준히 운동하고 오랫동안 스트레칭을 해야 한다. 단거리 달리기처럼 다리만 잠깐 풀고 달렸다가는 1km도 가지 못한 채 옆구리를 부여잡고 멈추게 된다. 분명 긴 시간이 필요하겠으나 천천히 호흡을 내뱉으며 달려가다 보면 그토록 마주하고 싶은 자존감의 골인 지점을 발견할 수 있을 것이다.

# 최소한의 밥벌이를 위해

우리는 자본주의 사회에서 살아가고 있다. 자본주의의 정의는 학자마다 차이를 두지만, 이 사회가 중시하는 가치가 돈이라는 데 에는 큰 이견이 없다. 사회주의·공산주의라고 해서 돈이 중요하지 않을 리 없다. 다만, 자본주의에서 상대적인 가치가 더욱 두드러질 뿐이다. 우리는 자본주의 사회에서 마음껏 누리고 생존하기 위해 각각 다양한 방식으로 돈을 벌고 있다.

살아감에 있어서 가장 중요한 가치가 돈은 아닐 것이다. 지금 의 나는 그렇게 믿는다. 그러나 중요한 가치 중의 하나임을 부정할 수 있는 사람은 몇 없다. 사람들은 이왕이면 많은 돈을 손에 쥐길 희망한다. '이 정도'에서 만족하기란 쉽지 않다. 프랑스 철학자 라캉에 따르면 인간은 욕망하는 존재이고, 욕망은 채워지지 않는다고 했다. 돈은 욕망을 대표하는 산물이다.

최소한의 돈을 버는 것은 중요하다. 자본주의라는 경쟁체제에서 지켜야 하는 마지노선과 같다. 어떠한 갈림길에서 자신의 선택이 '최소' 기준에 미치지 않는다면, 그 선택을 곰곰이 생각해봐야 한다. 옳고 그름을 논하는 것이 아닌 생존의 관점에서다. 지금 하(려)는 그 일을 어떻게 최소한의 단위에 맞추느냐가 중요하다. 최소는 절대가 아닌 상대적인 관점이다. 조금 더 명확히 하자면 지금 하는 일이 밥벌이로써 삼시 세끼를 먹고 살 정도는 되어야 한다. 누군가를 책임지는 위치에 있다면 구성원이 함께 먹어야 할 세끼이다. 문화생활을 비롯한 일정 부분에서는 불편함을 토로할 수 있으나 생존은 언제나 우선되어야 한다. 현실에 기반을 두지 않는 이상(理想)은 대게 몽상에 불과하다. 애석하게도 몽상은 대부분 허상으로 이어진다.

우리는 흔히 예술로 밥벌이하기 쉽지 않다고 이야기한다. 예술의 자리에 글을 대체해도 어색하지 않다. 전래동화처럼 희뿌연 안 갯속에서 퍼져 나오는 이야기가 아닌, 글을 쓰는 사람과 그들을 바라보는 사람의 입에서 흘러나오는 선명함에 가까운 이야기다. 그들은 글쓰기의 재미를 느끼고 자존감을 회복했지만 삼시 세끼를 먹을 수 없어서 글을 쓰지 않는다고 말한다. 아마도 글을 쓰지 않는 가장 현실적인 이유가 아닐까 싶다. 삶에서 텍스트를 활용할 범위는 매우 넓다. 이는 돈을 벌 방법이 많다는 의미이기도 하다. 그런데도 쉽지 않다고 이야기한다. 글을 쓰면서 세끼를 먹는 것조차 허덕이는 상황에 해당하는 사람을 종종 보았다. 어쩌면 누군가 나를 바라보는 시선일지도 모른다.

현실적인 이야기를 조금 해보고자 한다. 글로써는 밥벌이가 쉽지 않은가? 조금 더 명확히 하자면, 최소한의 밥벌이도 쉽지 않은가? 각자만의 답이 있겠으나 내가 3년 동안 직간접적으로 경험한 내용을 바탕으로 답을 내리자면 '그렇다'에 가깝다. 수요는 정체되어 있는데 누구나 글을 쓰는 시대가 되면서 공급은 폭발적으로 늘어나 버렸다. 3년 전만 해도 나는 글쓰기 분야의 밥그릇과 아무런 상관이 없던 사람이었다. 그런데 내가 생존 경쟁에 참전하면서 누군가의 밥그릇을 빼앗아야 했다.

수입을 발생시키려면 모든 일이 그렇듯 글쓰기에도 일정 이상의 전문성이 필요하다. 그렇다고 수학, 과학 공식을 대입하거나 경제 용어를 나열하는 것을 말하는 것이 아니다. 일반적인 기준에서 봤을 때 자신이 쉽게 쓰기 힘들다고 하는 글, 그것이 전문성에 가깝다. 전문성의 다양한 형태 중 가장 일반적인 개념이 책이며, 우리는 책을 쓰는 사람을 (글)작가라고 부른다. 그렇다면 작가는 최소한의 밥벌이를 하는 걸까? 내가 아는 사람 중에 '글만 쓰는' 작가로서 밥벌이하는 사람은 열 손가락 안에 든다. 여러 가지 이유가 있겠으나 이 또한 수요와 공급의 문제가 발생한다.

출간 방식이 다양해지면서 출간되는 책의 양은 늘어났으나 사람들이 읽는 책의 양은 정해져 있다. 공급은 늘어나고 수요는 정체된 상황이다. 1년에 출간되는 책 중에서 보통 1쇄(1,000~2,000부)를 소진하는 비율은 10% 전후로 알려져 있다. 책 한 권이 판매되면 정가에서 6~12% 정도가 작가에게 인세로 주어진다. 15,000원인 책이라면 권당 900~1,800원이다. 책 한 권이 나오는 데 대략 1년을 잡는다면 1쇄도 판매하지 못하는 90%의 작가 연봉은 약

200만 원 전후이다. 김훈 작가는 이러한 사람들을 가리켜 세무서 용어에 빗대어 '만성적 준실업'이라고 표현했다.

이 상황을 과도한 공급 문제로만 보기에는 한계점이 분명 존재한다. 총 수요가 정체된 상태에서 공급이 조금 줄어든다고 하더라도 큰 차이가 발생하지는 않을 것이다. 책을 대체할 다양한 미디어의 등장으로 어쩌면 총 수요마저 줄어들지도 모른다. 이 모든 것을 떠나 식사 한 끼에 1만 원인 시대에서 연봉 200만 원으로 지금의 시대를 살아가기 힘들다는 사실에는 변함이 없다.

그럼에도 글이 좋거나 베스트셀러의 대박을 꿈꾸며 글쓰기를 전업으로 선택하는 사람이 있다. 개인적으로 정말 대단하다고 생각한다. 나도 글을 쓰기 시작했을 때는 비슷한 꿈을 꿨지만 얼마 지나지 않아 현실을 직시했다. 글을 쓰는 사람 중 다수가 나와 비슷한 선택을 했을 것이다. 삼시 세끼를 외면한 행복은 무의미하기에 글 쓰는 사람은 최소한의 밥벌이를 위해 다양한 선택을 한다. 누군가는 안정적인 직장에 다니면서 시간을 만들어 글을 쓰고, 누군가는 조금은 불안정하지만 프리랜서 활동을 하면서 글 쓰는 시간을 유동적으로 조절한다. 글을 기반으로 프리랜서 활동을 하는 사람들은 보통 기고, 외주 편집 활동, 스토리 작가, 라디오 작가, 카피라이팅, 글쓰기 수업 등을 하며 수입을 만든다. 타인에게 인정받을 만큼의 브랜딩이 되어 있지 않다면 건당 수입으로 생존하기는 쉽지 않다. 온라인 외주 플랫폼에 올라온 편집 관련 단가를 보면 쉽게 이해할 수 있다.

책을 쓰거나 글로써 브랜딩이 되어 있는 사람은 도서관이나 공공기관 등에서 강연 요청을 받는다. 대부분 1~2시간에 5~30만 원 전후로 책정된다. 겉으로 보이는 시급을 기준으로 한다면 큰 금액이지만 2시간을 위해 준비하는 시간을 더하면 그리 크지 않다고 생각한다. 게다가 단체와 일정 기간 계약한 형태가 아니라면 한 달에 1~2회 강연이 전부다. 시급으로 매겨질 수도 없을 만큼 적은 금액이다. '선의'라는 이름으로 요청이 들어오는 무료 기고, 무료 강연은 논외이다. 2018년에 내게 요청이 들어왔던 기고와 강연의 절반은 선의였다.

글로써 안정적으로 먹고살 방법이 없는 것은 아니다. 신문기자, 국어교사, 출판사 에디터, 브랜드 마케터, 기업 카피라이터 등 글을 활용하면서 정해진 날짜에 월급을 받으며 생존과는 무관한 삶을 보낼 수 있다. 글을 쓰는 사람으로서 실리와 명분을 갖춘 사람일지도 모른다. 다만, 상대적으로 비중이 크지 않기에 글로써 먹고살 수 없다는 풍토가 만들어졌을 것이다.

단순히 수요와 공급의 문제만은 아니다. 모든 현상이 그러하듯 복합적인 문제이다. 글을 이야기하는 문예창작과나 국어국문학과가 취업에 유리하지 않다는 이유로 대학 내에서 통폐합을 이야기할 때 1순위로 언급된다는 점도 그 바탕에 있다. 뿌리가 튼튼하지 않은 나무는 성장에 한계가 존재한다. 또 다른 하나는 창작물에 관한 인식 결여이다. 그림, 음악, 춤 등 다른 영역에 비해 유독 글은 누구나 할 수 있다는 인식을 기반으로 두기에 창작에 대한 대우가 매우 인색한 편이다. 오랫동안 번역가로 활동하는 사람들에 따르면 10년 전과 지금의 번역료는 큰 차이가 없다고 한다. 작가들의 기고료도 마찬가지다. 업에 갓 발을 들인 신인 작가와 무명 작가는 어떠할까? 결국 이러한 복합적인 문제가 해결되지 않는다면 글로 밥벌이하기란 쉽지 않음이 분명하다.

그렇다고 해서 글쓰기를 취미로만 여겨서는 안 된다고 생각한다. 글쓰기의 생명은 적어도 내 삶이 마감하는 날까지 이어지겠지만, 시간이 지날수록 글쓰기를 대체할 수단은 많아질 것이다. 의사를 전달하는 수단으로서가 아닌 시간을 들여 행하는 활동에서이다. 글쓰기가 수많은 콘텐츠 중 살아남으려면 매력적인 활동이 되어야 하는데, 자본주의 사회에서 가장 큰 매력은 돈이 된다는 점을 증명하는 것이다. 단순히 취미로 글을 쓰는 사람조차 글로 돈을 벌 수 있다면 글쓰기를 마다할 사람은 많지 않을 거다. 취미가 일이 되면 재미가 감소하여 매너리즘에 빠지기도 하지만, 돈은 예상치 못한 재미를 만들어낸다. 돈이 가져다주는 책임감이 조금 더 좋은 글을 쓰고 싶게 하는 원동력이 되기도 한다.

이러한 것은 개인의 삶에 깊숙이 스며든 SNS가 큰 역할을 할 수 있다. 이제는 SNS에 글을 올리는 것만으로도 생각지 못한 팬덤이 만들어진다. 이 팬덤은 자연스럽게 수익을 발생시키며, 누군가 염원하는 브랜딩의 초석이 된다. 최근 들어 인플루언서의 책 출간이 자주 이루어지는 것도 이러한 연장선에 있다. 그토록 어렵다고 하는 출판시장에서 인플루언서가 집필한 책은 손익분기점을 넘는 경우가 많다고 들었다. SNS로 수익을 버는 사람은 일부이지만 현실적으로 글로써 돈을 버는 방법 중에는 상대적으로 가장

높은 확률에 속한다.

나는 2019년 가을까지만 해도 수입의 70%가 강연을 포함해 말하는 행위에서 발생했다. 쓰는 사람으로서 부끄러운 일인지도 모르나 살아남기 위한 최선이었다. 다행히도 겨울부터 글로 먹고 살 수 있을 만한 분위기가 만들어졌다. 그러나 곧 코로나가 들이 닥쳐 생존을 위협했다. 기고를 주던 업체의 매출이 급감하여 고료는 반토막이 되었고, 외주 편집을 주던 업체는 출간 계획을 멈춰버렸다. 신간이 아닌 책의 인세는 말할 것도 없었다.

그럼에도 마음 한편에는 언제나 글로써 많은 돈을 벌고 싶다는 꿈을 품고 있다. 몽상이 아닌 현실로 만들기 위해 열심히 달리는 중이다. 누군가 말하길 어느 분야를 막론하고 무언가를 시작하는 시점으로부터 그 분야에서 3년 이내에 돈을 벌기란 쉽지 않다고 했다. 글쓰기를 업으로 선택한 지 3년이 되어가는 나는 지금 진실과 거짓의 경계 위에 서 있다.

# 3장

·

## 우리가 글을 쓴다면

# 아이가 글을 쓴다면

_ 그들만의 감정과 표현을 담은 메시지

글을 쓰기 시작한 지 6개월 정도 지났을 즈음 S 중학교에서 여행을 소재로 한 수업 요청이 들어왔다. 첫 유료 강의였던 만큼 내게는 꽤 특별한 자리였다. 진로 담당 선생님은 단순히 여행 이야기만 나누는 것이 아닌 한 권의 책을 만들어주길 바랐다. 3개월이란 긴 과정인 데다 이와 같은 커리큘럼을 진행해 본 경험이 없어서 주변에 있는 선생님들에게 그 나이대의 전반적인 지식과 행동에 관한 여러 조언을 구했다. 덕분에 수업은 원만하게 진행되었고 5주 차부터 글을 쓰기 시작했다.

글을 쓰면서 아이들이 어떠한 경계에 부딪힐 거라 생각했지만 다행히 큰 장애물로 인식하지는 않았다. 우리나라의 뛰어난 교육 시스템을 믿었다. 내게 일련의 예시를 전달받은 22명의 아이는 어떤 글을 써 내려갈지 생각에 잠겼다. 5분 정도 흘렀을 즈음 3명이 글을 적기 시작했고, 10여 분이 더 흐르고 난 뒤 5~6명이 뒤를 따랐다. 45분 수업이 끝났을 때는 최소 분량이었던 A4 반 장을 완성한 학생이 10명도 채 되지 않았다. 아이들은 먹이를 가져온 어미 새에게 입을 벌려 지저귀는 새끼처럼 쉬는 시간에 내게 와서 "선생님, 어떻게 적어야 할지 모르겠어요"를 외쳤다. 결국 5명의 학생은 90분의 수업이 끝났음에도 한 편의 글을 완성하지 못했다. 집에서 그들의 결과물을 읽으며 예상치 못한 충격을 받았다. 성인도 90분 만에 한 편의 글을 완성하기 쉽지 않기에 분량의 문제는 아니었다. 대부분 자기 생각을 글로 옮길 줄 모르는 듯 보였다. 마치 갈림길에서 길 잃은 어린양처럼 이리저리 헤매고 있었다.

그 이후 여러 자리에서 이와 비슷한 경험을 하며 사실인 듯한 몇 가지를 발견했다. 아이들은 왜 글을 써야 하는지는 물론이고, 어떻게 써야 하는지를 모르는 듯했다. 책을 많이 읽거나 부모의 지

침 아래 글쓰기 과외 및 학원 수업을 받는 아이들도 마찬가지였다. 글쓰기를 하지 않는 보통의 아이들과 다른 점이라면 일정한 형식에 얽매여 있었다는 점이다. 마치 정해진 틀에서 벗어나면 큰일이라도 나는 것처럼 개성이라고는 찾아볼 수 없을 정도로 빼다박은 형식이었다.

이러한 경험들을 마주하며 '아이들은 글쓰기를 좋아하지 않는다'라는 가정을 조심스레 내렸다. 가정을 내리기에는 절대적으로 표본이 부족하다는 걸 안다. 아동문학가이자 우리말 연구가인 이오덕 선생은 저서 『이오덕의 글쓰기』에서 아이들에게 쓰기는 어른들의 무지와 횡포에서 나오는 온갖 교육과 문화의 조건에서 아이들이 글을 쓰기 어렵도록, 싫어지도록 만든 것일 뿐 본래 싫은 행위가 아니라고 말한다. 그런데도 주위에서 내가 내린 가정에 대부분 동의를 한 데는 이미 일반화된 관점이기 때문일 것이다.

글쓰기를 이야기하는 전문가들은 어릴 때부터 글쓰기를 하면 좋다고 조언한다. 글쓰기로 발생하는 긍정적인 효과가 아이의 성장에 큰 도움이 되기 때문이다. 아이들에게 도움이 되는 글쓰기 효과만 해도 '사고력 증진, 생각의 전환, 감정 공유, 메타인지, 어휘력 증가, 상상력 증대, 말의 유창성, 자아 발견' 등이 있다. 그런데 아이들은 긍정적인 효과를 받아들이기는커녕 글쓰기가 재미없고 지루하다는 부정적인 감정을 먼저 받아들인다. 단순하게 보고 듣는 행위가 아닌 손을 사용하는 것만으로도 짜증을 낸다. 게임을 하며 키보드와 마우스를 클릭하려고 몇 시간씩 손목을 사용하면서도 말이다. 아이들은 게임을 위해서라면 사무직 직장인이 많이 겪는다는 손목터널증후군도 큰 문제로 여기지 않는다.

하지만 전문가들은 포기하지 않고 학부모 설득의 만능키인 성적 향상을 꺼내며 하버드, 서울대, 논술, 4차산업 시대를 예로 든다. 부모는 자녀가 성인이 될 때까지 자녀의 학업 일정에 의무감을 가진다. 학업에 큰 욕심이 없는 부모라 할지라도 자녀가 잘되었으면 하는 바람으로 글쓰기를 가르칠 것이다. 아이들은 책 읽기보다 재미없다고 느끼는 글쓰기를 해야 하는 현실을 탐탁지 않게 여긴다. 그러나 부모의 권유에 아이들은 어쩔 수 없이 글쓰기를 시작한다. 이러한 시작이 나쁘다고만 말할 수는 없다. 글쓰기를 시작한다는 것은 변함없는 사실이다.

학교 선생님들도 글쓰기가 아이들에게 좋은 영향을 미친다는 점을 안다. 그들은 이미 검증된 교육 전문가들이다. 그럼에도 글쓰기를 집중적으로 하기는 힘들다고 말한다. 정해진 시간에 학습 진도를 나가야 하며, 성적을 위해서는 족집게 과외하듯 일정 부분에 시간을 투여해야 한다. 창의성을 위해 실험도 해야 하고, 논리성을 위해 토론도 해야 한다.

그리고 가끔은 보이지 않는 벽에 부딪히기도 한다. 한 선생님이 중학교 2학년 학생들에게 글쓰기 숙제를 시켰는데, 다음 날 학부모가 찾아와서 학원 숙제하느라 바쁘고 성적에 도움이 되는 것도 아니므로 숙제를 내지 말아 달라고 했단다. 제삼자의 관점에서 바라봤을 때 글쓰기 숙제를 내준 선생님, 아이의 학업성적을 위해 학원에 보내는 부모, 숙제를 많이 내주는 학원, 모든 것을 해야 하는 아이, 이러한 환경을 만든 국가 중 굳이 잘못의 비중을 따진다면 선생님은 몇 번째일까? 적어도 선생님과 아이가 첫 번째는 아닐 것이다.

성인 글쓰기 모임을 하면서 많은 사람을 만났다. 그들은 각자의 이유로 글을 썼고, 비슷한 이유로 글쓰기를 그만두었다. 그들과 이야기를 나누며 알게 된 것은 성인이 되어서 글을 쓴 사람은 어떠한 벽에 부딪히면 글쓰기를 쉽게 놓는 경우가 많다는 것이다. 이와는 달리 어릴 적부터 일기를 비롯해 쓰기를 꾸준히 했던 사람은 모임에 나오지 않더라도 각자만의 글쓰기를 이어간다. 이러한 현실을 보며 '어릴 때 글쓰기의 재미를 발견하지 못한 사람은 성인이 되어서도 찾기 힘들다'라는 또 다른 가설을 세웠다. 지금 내가 아이들과 글쓰기를 하는 데에는 이러한 가정이 더해진 결과이다.

글을 쓰면서 글쓰기가 아이들에게 미칠 영향이 충분히 긍정적일 것이란 확신이 있었다. 글쓰기는 학업, 친구, 가정에서 스트레스와 상처받는 아이들이 감정을 배출하는 장소로서의 역할을 해낼 수 있다. 더 나아가 글쓰기를 통해 정직하고 진실한 사람으로 커나감으로써 가치 있는 삶을 살아갈 수 있다. 이처럼 원대한 목표가 아니더라도 글쓰기가 재미없고 지루한 행위만은 아니라는 사실을 알아줬으면 하는 마음으로 지금의 아이들을 만났다.

함께하길 원하던 대상은 중학교 1~2학년이었다. 일반적으로 자기 이야기를 숨기길 원하는 사춘기를 겪는 시기이다. 내적으로 겪는 혼란을 글쓰기로 잠재울 수 있다고 생각했다. 그런데 마땅한 대상이 없었다. 20대에 했던 것처럼 무작정 과외를 구하기에는 학업 우선이라는 결과가 눈에 보였다. 그러던 차에 독자로 인연을 맺은 분을 만나 여러 조언을 구했다. 초등학교 6학년 자녀를 두었고, 교육에도 관심이 많았던 그분은 내가 하고자 하는 수업 방식을 듣고 자신의 생각을 말해주었다.

"좋은 방법인 건 저뿐만 아니라 많은 학부모가 알고 있을 거예요. 그런데 옛날이나 지금이나 아이들 성적이 우선이죠. 아이들이야 시키면 하겠지만, 학부모가 그 시간을 기다릴 수 있을까요? 그 시간에 수학 문제 하나라도 더 푸는 게 낫다고 생각할 거예요."

2시간 정도 이야기를 나누고 집에 돌아오는 길에 내가 바라는 방향이 현실과 동떨어져 있을지도 모른다는 생각이 들었다. 그런데 다음 날 그분에게 연락을 받았고, 그날부터 그분은 내게 독자이자 학부모가 되었다.

아이들과 글쓰기를 '기반으로 두는' 모임을 2년 가까이 하고 있다. 이 책에서 큰 역할을 맡은 아이들이다. 아이들과 함께 모임을 하면서 앞서 언급한 가정이 조금 더 선명해졌지만, 틈 사이로 비추는 작은 희망을 발견하기도 했다. 모임을 하면서 최대한 아이들의 의견을 존중하려 한다. 몇 가지 규칙을 제외하고는 작은 마을을 세우듯 그들 스스로 법과 질서를 만들게 하고 있다. 투표는 민주주의로 하되 책임은 스스로 감내해야 한다. 제안에는 타당한 이유가 필수이다.

수업 첫날 한 아이가 벌칙을 제안했다. 규칙에 대한 당위성이었던 것 같다. 나머지 아이들은 반대했지만, 투표 결과에 따라 진행하기로 했다. 아이들은 최대한 자신에게 피해가 덜 될 것 같은 벌칙을 고민했다. 그러던 중 의견을 낸 아이가 독후감을 발의했고, 나머지 아이들은 불같이 화를 냈다. 아이들에게 독후감은 벌칙에 가까울 정도로 하기 싫은 행위였다. 제안의 타당성과 자신은 걸리지 않을 거라는 안일함으로 인해 법안은 심의를 통과했고, 아이들은 매주 열심히 독후감을 쓰고 있다.

모임에서는 매달 한 권의 책을 읽고 토론하며, 퀴즈를 가장한 게임을 하고 글을 쓴다. 쓰는 시간은 20분 전후이다. 누군가는 글쓰기 모임인데 고작 20분밖에 쓰지 않는 점에 의아함을 품을 수 있다. 내 의지로는 글쓰기 위주로 커리큘럼을 진행하고 싶었지만, 첫 모임을 하고 나서 그럴 수 없음을 깨달았다. 처음에는 5분도 채 글을 쓰지 못하던 아이들이었다. 꽈배기처럼 몸을 비비 꼬는 것은 물론이고 펜을 들자마자 눈꺼풀이 내려앉기도 했다. 글쓰기의 방법이 아닌 글쓰기를 대하는 태도가 먼저 바뀌어야 함을 깨달았다. 아이들의 학업 수준은 정확히 알지 못하지만 학교에서 회장, 부회장, 반장을 맡은 아이들이었다. 주위에서 똑똑하거나 똘똘하다고 불리는 범주에 속해 있었다.

한번은 공모전에 아이들의 글을 제출한 적이 있다. 공모전이라는 경쟁 무대에 아이들의 글을 내놓는 게 마음에 걸렸지만, 아이들에게 긍정적인 자극이 되리라 생각했다. 여름방학이었고, 마감 기한도 한 달여밖에 안 남았던 터라 글의 폭과 깊이를 기대하지는 않았다. 그런데 아이들의 글을 보고 모임을 진행하면서 처음으로 놀랐다. 하나의 소재에 '이런 생각'이 있음에 놀랐고, 그 생각을 '이런 글로' 풀어낼 수 있음에 더 놀랐다. 모임에서 지향하는 바가 있기에 옆에서 하나하나 글을 수정하지는 않았다. 아이들 스스로 글쓰는 방식을 깨우쳐 나가길 바랐고, 글을 공부하면서 어른의 눈이 아이의 눈보다 좋다는 확신이 희미해졌다.

언젠가 지도 교수님이 아이들의 글이 나빠지는 데에는 어른들의 좁은 시야가 한몫 거드는 측면이 있다고 말씀하셨다. 처음에는 그 말을 이해하지 못했는데, 아이들과 함께하는 시간이 많아지면서 온 뜻을 받아들였다. 아이들의 글에는 그들 또래만의 감정과 표현이 있었다. 아이들에게 잘 쓴 글과 좋은 글은 명백히 달랐다. 결과적으로는 그 공모전에서 아무도 입상하지 못했다. 어쩌면 현실상 당연한 결과였는지도 모른다. 다만, 그 순간에 느낀 어떠한 감정이 아이들에게 글쓰기를 좋아할 만한 작은 계기가 되었으면 하는 마음이다.

애석하지만 지금까지도 아이들은 글쓰기를 좋아하지 않는 것 같다. 필력이 늘었다고 보기도 쉽지 않다. 공모전 때 글쓰기로 나를 놀라게 했던 아이들은 방학과 졸업을 기준으로 소리 소문 없이 사라져 버렸다. 특히 코로나 이후 온라인으로 수업을 전환하면서 글쓰기를 비롯한 학업의 집중도가 눈에 띄게 떨어졌다. 주위에서는 짧은 기간에 아이들에게 어떠한 성과를 얻기란 어렵다며 애써 위로했지만 가르치는 사람으로서 느끼는 아쉬움과 반성은 어쩔 수 없는 듯하다.

분명한 것은 처음보다 글쓰기에 대한 반감이 줄었고, 글을 마주하는 태도가 달라졌다. 여전히 글쓰기만 하면 몸을 비틀고 하품을 한다. 그러나 집중의 단계에 들어서는 속도가 빨라지고 몰입의 깊이도 달라졌다. 틀에 박힌 구성에서 조금씩 벗어나기 시작했고, 글의 결말이 다양해졌다. 최근에는 '이런 이야기까지'라고 생각한 아이들의 비밀스러운 감정을 글에서 확인할 수 있었다. 이 모든 것이 나이에 따른 자연스러운 성장일 수 있지만, 그동안의 노력에 따른 일련의 결과라고 믿는다.

아이들이 글쓰기의 재미와 효과를 느끼려면 몇 년의 시간이 걸릴지 모른다. 나처럼 고등학생 때 발견했다가 서른이 넘어서 다시 발견할 수도 있다. 어쩌면 평생 모르고 지나갈지도 모른다. 그러나 발견할 수 있으리란 맹목적인 믿음을 가지고 있다. 지금 내가 해야 할 일은 아이들이 글쓰기의 효과를 온전히 받아들일 때까지 조금은 괜찮은 길로 안내하는 것이다. 석사 과정으로 독서교육과를 선택한 이유 중 하나이다. 양치기가 잘못된 길을 안내하면 양치기를 뒤따르던 양들은 목적지까지 꽤 둘러가거나 포식자에 위협을 당할 수 있다. 가르치는 한 사람으로서, 아이들이 글쓰기를 좋아했으면 하는 한 사람으로서 그렇지 않기를 바란다.

한 아이가 모임 1주년을 기념으로 쓴 글의 일부이다. 문장이 어색하다 느껴지더라도 웃어넘겨 줬으면 한다. 아이의 글은 아이의 시선으로 바라볼 필요가 있다.

확실히 옛날보다는 글도 잘 쓰고 독서량도 많이 늘었다. 그러고 보니 옛날에는 면제권이 한 달에 한 번도 얻을까 말까 했는데 지금은 일주일에 하나씩은 받아서 더 편하고 벌칙을 면제할 수 있어서 좋다. 그런데 XX이가 이제 같이 안 한다니 많이 아쉽다. 하지만 나는 할 수 있는 한 최대한 수업을 계속하면 좋겠다. 왜냐하면 수업이 재미있고 마치고 축구도 할 수 있기 때문이다. 글쓰기를 많이 배우고 연습해서 나중에 훌륭한 글을 쓰고 싶다.

# 성인이 글을 쓴다면
_ 사람의 결과 향을 찾아가는 매개체

나는 해외에서 겪은 큰 교통사고로 인해 글 쓰는 삶을 살기로 했으나 무엇을 어떻게 써야 할지 모르는 막막함이 늘 마음속에 있었다. 당시 내 주변에 글을 쓴다고 할 만한 사람이 없었으므로 문제를 해결하기 위해 인터넷에서 열심히 정보를 찾았다. 글, 글쓰기, 글쓰기 모임, 책 쓰기 등 글과 관련된 내용을 검색하니 많은 결과물을 확인할 수 있었다. 며칠을 들여 하나하나 글을 확인했고, 수면 위로 떠오른 '2017년'과 '인문학'을 발견했다.

2018년 겨울, 북토크가 연거푸 있어서 서울에 며칠 머물렀다.

하루는 오후에 북토크를 끝내고 홍대에서 인문학 강연을 들었다. 공간에는 20명 정도의 인원이 있었는데, 대부분 내 또래로 보였다. 1시간가량의 짧은 강연이었으나 여러 가지 생각을 하게 만든 좋은 시간이었다. 특히 강연이 끝날 즈음 강사가 참가자들에게 남긴 말이 유독 인상 깊었다. 글로 치면 마지막 문단에 해당한다. 저자가 한 편의 글에 담고자 하는 의도가 숨겨진(혹은 드러난) 아주 중요한 구간이다.

"2016년 겨울부터 2017년 봄까지 우리나라 역사에 기록될 만한 일이 하나 있었습니다. 그 과정에서 많은 사람이 봄에 자라나는 새순처럼 그들의 삶도 새롭게 시작해보자는 열망을 가집니다. 그리고 인문학적 소양을 가지기로 마음을 먹습니다. 여러분이 여기 이 자리에 앉아 있는 이유입니다."

강연자의 말이 어떠한 통계에 의한 것은 아니었다고 생각한다. 오히려 객관성이 부족한 주장이었을 테다. 언급한 연도에 사회정치 분야 도서는 전년 대비 판매량이 폭증했으나, 인문 분야는 오히려 소폭 감소했다. 그런데도 그 자리에 앉은 대부분이 고개를 끄덕이며 사색에 잠긴 데는 객관화된 통계보다 시대의 주관성에 더욱 공감했기 때문이라고 생각한다.

사람에게는 저마다의 독특한 결이 존재한다. 누군가는 향이라고도 말한다. 인문학은 그 사람마다 결과 향이 가진 특이성을 찾아가는 학문이다. 예전에는 이러한 발걸음이 삶의 철학을 공부하는 소수의 학문에 가까웠음을 부정하기 어렵다. 문학과 철학을 말하지 않는 자, 인문학을 말하지 말아야 했는지도 모른다. 그러나 이제는 조금씩 대중을 향해 발걸음을 내디디고 있다. 그 걸음이 아주 느리게 느껴질지라도.

우리는 성인으로서 지니는 상식만으로도 사회를 살아가는 데 큰 문제가 없음을 잘 안다. 하지만 소중한 시간과 돈을 들여 알아두면 쓸데없이 신비한 잡학스런 배움을 갈망하고 탐득하려 한다. 마치 과일 껍질을 벗겨내는 데 만족하지 않고 그 안의 씨를 발견하여 다시 심길 원하는 것처럼 말이다. 성인이 글을 쓰면 좋겠다고 이야기하는 서문에서 인문학을 전면에 꺼내 든 이유는 인문학이 글쓰기와 결을 같이 한다고 생각해서이다. 글쓰기는 사람의 결과 향을 나타내는 하나의 학문이자 개체이며 매개체이다. 글쓰기 연관 검색에서 인문학이 등장한 것은 이러한 생각이 나만의 프레임은 아니라는 방증이지 않을까 싶다.

나는 30대가 되기 전까지 인문학이 무엇인지 잘 몰랐다. 살면서 얼핏 들어본 기억은 있으나 나와는 꽤 거리를 둬야 하는 학문으로만 여겼다. 손만 뻗으면 잡힐 것 같은 돈과 명성을 좇는 데 눈이 먼 사람에게 사람의 결은 신경 쓸 여유를 둘 정도로 특별하지 않았다. 그러다 긴 여행을 하며 사람마다 결이 다름을 알게 되었다. 단순히 인종의 차이를 말하고자 함이 아니다. 사람으로서의 결을 의미한다. 어쩌면 나이가 들어서 발생한 자연스러움인지도 모른다. 그러나 나는 결을 발견했을 뿐 더 나아가지는 못했다.

한국에 돌아와 글을 쓰면서 인문학이라는 것을 마주하게 되었다. 거부하려 해도 글은 나를 인문학에 닿게 했다. 나와 타인의 결이, 나와 사회의 결이 엄연히 다름을 조금씩 깨닫게 되었다. 이번에는 멈추지 않고 조심스레 한 발짝 내디뎌 글쓰기의 힘으로 극복하려 했다. 인문학이라는 크나큰 범주에서 미술, 건축, 음악 등의 분류는 단순히 갈래에 불과한 듯했다. 모든 길은 '사람'이라는 한 길로 향하고 있었다.

나와는 반대로 인문학을 공부하면서 글에 부딪히기도 한다.

내 주변을 범주로 뒀을 때 내 경우보다 상대적으로 많은 듯하다. 인문학을 공부한다고 해서 모두가 글쓰기를 전문적으로 하는 것은 아니지만, 그렇다고 글쓰기를 안 하는 사람은 거의 없는 것 같다. 조금 더 폭을 넓혀 글쓰기에 관심을 두지 않는 사람은 없다고 확언할 수 있다. 그들 중 누군가는 인문학의 끝이 글쓰기임을 찬양하며, 글쓰기 없는 인문학은 거짓이라 단정짓기도 한다. 여러 나라의 역사를 바탕으로 하는 원서를 읽고 싶어 공부하는 언어적인 배움과는 또 다르다. 노력과 시간을 통해 얻은 배움이란 가치를 글로 풀어보고자 하는 욕구에 기반을 둔다.

인문학과 글쓰기는 순서를 달리할 뿐 한 선 위에 존재한다고 생각한다. 인문학이 글쓰기의 재료가 되든, 글쓰기가 인문학의 소양을 닦는 하나의 그릇이 되든 둘은 서로의 품에 맞물려 있다. 인문학과 글쓰기가 2017년부터 수면 위로 드러났다고 말하는 데는 때가 되었다고 생각해서이다. 인문학 강연자가 말한 이유와 사회적 흐름에 따른 방향성이 결국은 우리가 인문학과 글쓰기를 이야기하는 때이다.

나는 부산에서 '북텐츠'라는 독서모임을 운영하고 있다. 보통의 동아리보다는 조금의 확장성을 두려 한다. 독서모임을 하다 보니 자연스럽게 이와 관련된 다양한 정보를 눈과 귀로 접하게 되는데, 독서모임의 수가 계속 늘어나고 있음을 체감한다. 책을 두고 이야기 나누는 모임은 오래전부터 존재했다. 영화 '변호인'에 나오는 것처럼 음지에 숨어 작당 모의를 한다고 의심받던 모임은 역사 속으로 사라진 지 오래다. 이제는 독서모임 한 개쯤은 하고 있어야 뭔가 지성인처럼 보이는 사회 분위기까지 만들어진 것 같다.

사람들이 독서모임을 찾는 데는 여러 가지 이유가 있다. 분명한 것은 책을 읽는 데서만 그치지 않길 바란다는 점이다. 읽는 단계를 넘어 듣고, 말하며, 사고를 조금 더 확장시키길 원한다. 같은 책을 읽은 사람들과 다양한 이야기를 나누며 새로움을 발견하고, 다름을 이해하며, 사유의 깊이를 더하려 한다. 이는 책에 담긴 인문학적 지식에 기반을 둔다. 서점에 인문학으로 분류된 책만 인문학이라고 이야기하는 것은 아니다. 책은 사람의 결로 만들어진 결과물이다. 책에 담긴 모든 지식과 사상이 하나의 인문학이다.

독서모임은 읽고 듣고 말하는 데 그치지 않는다. 자연스럽게 쓰기로 이어진다. 쓰기는 모임에서 다양한 특성을 가지는데, 먼저 모임의 진입장벽 역할을 한다. 전국에서 가장 많은 회원을 가진 서울의 T 모임은 사전에 일정 분량의 독서감상문을 제출하지 않으면 모임 참석을 허용하지 않는다. 내가 오랫동안 참여했던 독서모임도, 지금 내가 운영하는 곳도 마찬가지다. 이에 대해 '왜?'라는 의문이 들지도 모른다. 여기에는 글을 쓰면서 한 권의 책을 소화하는 충분한 시간을 가지길 바라는 마음이 담겨 있다. 분량은 100~400자 정도이다. 많은 양으로 보일지라도 친구나 가족에게 보내는 장문의 메시지보다 적거나 비슷한 양이다.

처음에는 참가자들도 이러한 시스템에 어색함을 표했다. 하지만 이제는 모임을 특징짓는 요소이자 개인과 단체의 만족도를 결정하는 방식이 되었다. 400자 이내의 글을 쓰면서 책을 한번 더 곱씹으며 사유함으로써 발생하는 긍정적인 효과는 덤이다. 이러한 과정에서 뜻하지 않게 글쓰기 습관이 생길 수 있으며, 눈앞에 마주하던 벽이 스스로 무너질 수도 있다. 단순히 모임에 참가하기 위해서 한 행동에 의해 발생하는 결과이다.

쓰기는 진입장벽을 넘어 모임의 결을 확장시키는 역할을 한다. 앞서 '확장성'이라는 단어를 쓴 이유 중 하나이다. 북텐츠는 한 시즌(3~4개월)에 15~20개의 모임을 진행한다. 그중 독서감상문을 미리 제출해야 하는 모임은 70%, 순수 쓰기 모임은 30%의 비중을 유지하려 한다. 시즌마다 다르지만 단순히 책을 읽고 이야기 나누는 모임보다 쓰는 모임이 먼저 마감될 때도 있다. 그만큼 글을 쓰고자 하는 사람이 많다는 방증이기도 하다. 모임에서 쓰기는 단순히 '씀'을 벗어나 단체의 특이성을 상징하는 기준이자 생존에서 살아남는 무기가 되었다.

이처럼 인문학과 글쓰기가 공존하는 독서모임은 2017년부터 더욱 활성화되었다. 문화체육관광부가 조사한 '2018 전국 독서동아리 현황 조사'에 따르면 2018년 성인 기준 독서모임은 약 7,300개이며, 참가자 중 43.5%가 2017년 이후에 가입했다. 내 주변도 통계의 범주에 속하는 듯하다. 카카오톡에는 독서모임에서 만난 200여 명의 지인이 있는데, 대다수가 독서모임을 시작한 지 그리 오래되지 않았음을 알고 있다.

독서모임보다 더 직관적으로 때를 나타내는 것은 독립출판이다. 독립출판은 기존의 기획출판과는 달리 갓 진흙을 털어낸 다이아몬드 원석 같은 날것의 모습 그대로를 보여주는 작품이 많다. 그러한 데는 특정 대상으로부터의 검열을 벗어나 사회가 암묵적으로 터부시하는 성(性), 종교, 죽음을 사고하고 사유하기 때문일 것이다. 자연스럽게 인문학을 접하게 되며, 생각을 정리하여 한 글자씩 적어 내려간다. 이러한 과정에서 불안에 매몰당하기도 하며, 극단적인 우울에서 빠져나오지 못하기도 한다. 그러나 이 모든 것은 쓰기의 '뱉음'에서 벗어날 수 있다. 결국 독립출판이란 결과물을 목표로 걷는 그 과정이 자기만의 결을 찾는 길이 된다.

독립출판 또한 2017년부터 급격하게 증가했음을 알 수 있다. 독립출판의 특성상 ISBN(국제표준도서번호)이 없는 도서가 많아서 수치를 파악하기 힘들지만 독립출판물 판매를 중심으로 두는 독립서점의 증가를 보면 이해하기 쉽다. 동네서점 콘텐츠를 만드는 '퍼니플랜'에 따르면 2016년 12월 180개였던 전국 독립서점 수가 2019년 9월 기준으로 430개가 되었다고 한다. 독립서점 1세대를 2010년 전후로 본다면 7년간 증가한 서점 수보다 최근 2년 사이에 증가한 수가 더 많다. 이는 독립출판물의 증가로 유추할 수 있다.

성인이 글을 썼으면 하는 이유를 인문학 바람이 불어온 '때'에 빗대어 이야기했다. 그러나 때는 나를 찾기 위한 한순간일 뿐이다.

글을 쓰며 인문학을 발견하든, 인문학을 공부하며 글을 쓰든 글을 쓴다는 것은 결국 '나'로 이어지게 된다. 글은 자신의 외면을 보는 수단이며, 내면을 발견하는 도구이다. 내가 나로 살아있음을 우리는 글을 쓰며 확인할 수 있다.

현시대를 개인의 시대라고 말하지만, 우리가 살아가는 공간은 엄연히 사회라는 공적인 공간이다. 사회 구성원으로 살다 보면 억울해도, 화나도, 아파도, 슬퍼도 참고 견뎌내야 한다. 가끔은 기쁘고 행복해도 참아야 한다. 그러다 보면 개인으로서의 '나'와 사회 구성원으로서의 '나'의 경계가 모호해진다. 스스로 경계를 인지하고 있다고 자부해도 무너짐은 순간이다. 글은 그 경계를 선명하게 하여 개인의 위치를 명확하게 하는 힘을 가지며, 인문학은 글의 선명함을 더욱 뚜렷하게 한다. 우리가 글을 쓰고 인문학을 알아가야 하는 이유이다. 글이 가져다주는 결과만큼 자신을 발견하는 방법은 분명히 존재한다. 그러나 내가 경험하고, 우리가 경험할 수 있다고 믿는 방법은 글이다.

# 부모가 글을 쓴다면

_자신의 삶을 적어내는 용기

나의 첫 개인 저서인 『답은 '나'였다』에는 431일간의 여행을 바탕으로 '예전의 나'에서 '지금의 나'로 변하는 과정을 진솔하게 담으려 했다. 자아에 기반을 두었으나 조금 더 힘을 주며 내세우려 했던 가치는 변화였다. 여행을 좋아하고 변화에 목말라하는 30대 초중반 성인을 핵심 독자로 둔 이유이다. 미혼일수록 변화에 더 민감하다고 여겼다.

그런데 책을 두고 이야기하는 자리에서 30~50대 기혼 여성들이 주 독자임을 알았다. 우리나라 출판시장의 생존을 좌우하는 범주이기에 어쩌면 당연한 일이었다. 한 가지 생각하지 못했던 점이라면 그들은 내 책에서 변화보다 자아를 먼저 받아들였다는 것이다. 엄마라는 존재가 된 순간 받아들이는 행복의 크기만큼 '나는 누구일까?'에 관한 의문의 크기가 비슷한 듯했다. 글이란 읽고 받아들이는 사람의 호흡으로 새로운 가치가 만들어진다는 것을 독자가 아닌 필자로서 처음 받아들였다.

나의 어머니는 5남매 중 장녀이시다. 흔히 말하는 책임감 있는 맏딸이다. 단지 첫째라는 이유로 나이 차이가 얼마 나지 않는 동생들을 보살펴야 했다. 자연스럽게 생업에 일찍 뛰어들었고, 학업은 소망에 가까웠다. 얼마 후 한 남자의 아내이자 두 아이의 엄마가 되어 가족을 지켜내기 위해 목적지 없는 레일 위를 숨 돌릴 틈 없이 달리셨다. 자아를 인지하는 것은 사치에 가까웠다. 어머니에게 자아는 아들, 딸 저녁밥 한 끼보다 중요한 존재가 되지 못했다.

어머니가 갱년기를 겪으실 즈음이었다. 어머니의 온전한 우울과 고뇌를 가장 가까운 거리에서 바라보았다. 타인의 나를 처음으로 마주한 순간이었다. 어머니는 혼란을 받아들이지도, 이겨내지도 못하시는 듯했다. 나는 덩치만 성인이었을 뿐 아무것도 할 수 없는 미약한 존재였다. 째깍째깍 흘러가는 안타까움을 그저 옆에서 지켜볼 뿐이었다. 엎친 데 덮친 격으로 외부에서 여러 고통이 어머니에게 밀려들어왔다. 신은 인간에게 버텨낼 만큼의 고통을 준다는 말은 거짓이었다. 나는 이성주의자가 되고 싶었던 감성주의자였다. 어머니의 감정이 내게 온전히 전이되었다. 아들이자 사람으로서 느끼는 복잡 미묘한 감정이 넘쳐흘렀다. 흘러버린 물은 다시 담을 수 없었고, 흘러감을 바라보며 그 순간을 감내하려 했다. 종종 감당하기 힘든 순간을 마주했다. 그때마다 나보다 더한 고통을 겪는 어머니를 보며 이를 악물고 견뎌내야 했다.

이러한 감정은 부모라는 두 글자에 짊어진 삶의 무게라고 생각한다. 그러한 점에서 나의 아버지도 별반 다르지 않으시다. 어머니와 다른 점이라면 7남매 중 여섯째로 태어났다는 것이다. 공부를 잘하셨지만 사회에 일찍 발을 내디딘 후 한 여성을 만나 남편이자 두 아이의 아버지가 되셨다. 삶의 무게를 짊어지려 타지에서 일을 시작한 지 어느새 20년이 넘었다. 그래서인지 몰라도 나는 아버지와 대화라고 말할 수 있는 순간이 거의 없었다. 아버지의 힘들고 아파하는 모습, 자신의 존재에 의문을 가지는 모습 그 어느 것 하나 내 두 눈으로 직접 보지 못했다. 별반 다르지 않다는 말에 담긴 확신도 어머니의 여러 증언을 통해서였다. 어머니는 아버지도 평범한 한 남자이자 부모라고 말씀하셨다. 어쩌면 어머니가 가졌던 수많은 고민에 사회가 말하는 가장으로서의 무게까지 더해져 더 무거운 짐을 지고 계신지도 모른다.

나의 부모님 이야기만은 아닐 것이다. 부모라는 이름의 무게이다. 나는 아직 부모가 되어 보지 못해서 부모로서의 책임과 삶의 무게 그리고 복잡다단한 감정의 존재들을 온전하게 알지 못한다. 그런데 이러한 글을 적을 수 있는 것은 부모라는 이름을 가진 이들의 글에서 그들의 삶을 넌지시 바라보았기 때문이다. 부모가 되면 나에서 '우리'의 삶으로 시점이 전환된다. 시점이 바뀐다는 건 한 사람의 삶에서 아주 큰 변화이다. 개인의 삶에서는 불의 발견, 르네상스, 산업혁명 등이 불러일으킨 파장과 맞먹는다고 생각한다. 사회에서 말하는 우리의 개념과는 결이 조금 다르다. 사회가 '우리 안의 나'라면 가족은 '우리이자 나'이다.

사람들은 겨울이 지나면 봄이 오듯 자연스럽게 우리에서 나를 발견한다. 그러나 여러 가지 이유로 그렇지 못한 사람도 있다. 눈앞에 있는 경계조차 찾지 못한 채 길을 헤매는 사람들이다. 부모라는 틀에 갇혀 자신을 잊어버리게(가끔은 잃어버리게) 된다. 나를 잊어버린 채 살다 보면 작은 파도 앞에서도 털썩 무너진다. 그렇다고 부모라는 틀에서 벗어나는 선택이 정답은 아니다. 우리가 할 수 있는 것은 경계를 또렷이 밝히는 것이다. 부모라는 위치에서 마주하는 나와 우리의 경계선 말이다.

부모가 글을 쓴다는 건 어려운 마음이자 쉽지 않은 행동이다. 부모가 되지 않아도 충분히 알 수 있는 어려움의 강도이다. 안 바쁘고 피곤하지 않은 사람은 있을지라도, 그렇지 않은 부모는 없다고 생각한다. 자녀가 성인이 되면 몸의 바쁨이 덜할지 모르나 마음의 바쁨은 속도와 크기를 가늠조차 하기 어렵다. 이처럼 누구보다 글을 쓰기 힘든 환경에 놓여있음에도 불구하고 부모가 글을 썼으면 하는 데에는 분명한 이유가 존재한다.

모임과 강연을 하면 보통 평일 저녁과 주말 낮에 진행하는데, 참여자는 자녀를 둔 여성을 제외하고 다양하게 분포하는 편이다. 그들은 모임의 참여보다 가정의 일이 우선이기 때문이다. 그러한 점을 고려하여 어느 순간부터 평일 오전에 자리를 마련하기 시작했다. 2019년 가을, 독립서점 '카프카의 밤'에서 수요일 오전에 〈수오 글쓰기〉라는 이름으로 6주 동안 무료 글쓰기 모임을 진행했다. 참가 신청 며칠 만에 30명이 신청했다. 온갖 노력을 동원해가며 정원 채우기에 여념이 없던 이전의 모임들과 달랐다. 공간 규모상 8명밖에 진행할 수 없음이 아쉬웠지만, 누군가의 쓰고 싶은 열망을 충분히 확인할 수 있는 시간이었다.

나는 새벽에 글을 쓰는 편이라 해가 뜨면 잠이 들 때가 많다. 그래서 수요일 아침마다 피곤과 싸우느라 몸과 마음이 항상 분주했다. 첫 모임에서 7명의 참가자를 만났다. 그들에게 '왜'를 더한 자기소개를 부탁했다. 그들은 각자만의 쓰고 싶은 이유가 존재했다. 어릴 적부터 글을 쓰고 싶어서, 사라져 가는 기억을 붙잡고 싶어서, 자식 봉양이 끝났다고 생각해서, 나를 찾고 싶어서 등이다. 소개를 마친 후 블라인드 사이로 스며드는 가을 햇살을 머금은 채 각자 글을 써 내려갔다.

글쓰기에 필요한 일정의 지식을 참가자들에게 전달했으나 강의는 아니었다. 커리큘럼은 함께 쓰고 함께 읽는 것이 전부였다. 테이블을 중심으로 둘러앉아 하나의 주제로 40분 동안 글을 쓰고,

나머지 시간은 낭독했다. 자신의 이야기를 타인에게 꺼낸다는 것은 몹시 어려운 일임을 잘 알기에 낭독이 필수는 아니었다. 하지만 용기 내어 한 글자, 한 문장씩 그들의 이야기를 읊기 시작했다.

2주 차에 있었던 일로 기억한다. 한 참가자가 '어릴 적 어떠한 기억'이라는 주제 아래 〈파묘〉라는 제목의 글을 낭독했다. 낭독자의 목소리에는 미세한 떨림이 느껴졌는데, 그 떨림은 공기를 타고 10평 남짓한 공간을 메워가기 시작했다. 글이 이어지면서 한 사람씩 손으로 눈을 훔치기 시작했고, 다음 사람의 글들이 이어지면서 눈물은 소리가 되어 공간을 채워갔다. 낭독자들은 울컥함에 단어 한 마디를 제대로 내뱉지 못하기도 했으나, 호흡을 가다듬어 가며 한 글자씩 읽어 내려갔다. 씀이 자기 내면에 울림을 던진다면, 낭독은 타인에게 내면의 울림을 전이시킨다고 생각한다. 그 순간, 생각은 현실이 되었다.

6주간의 모임이 끝나고 몇 달이 지난 어느 날, 한 참가자에게 '덕분에 글을 계속 쓰고 있습니다'라는 문자를 받았다. 6주 동안 매주 한 편의 글을 쓴다고 해서 그들의 삶이 갑자기 좋아지는 것은 아니지만, 그들은 자신의 감정과 삶을 여섯 번의 글로 적어내는 용기를 드러냈다. 나는 용기를 낼 수 있는 자리를 마련한 것 말고는 특별히 한 게 없었다. 분명 그러한 용기 뒤에 따라오는 삶의 긍정적인 부분이 작게나마 있으리라 믿는다. 참가자가 내게 보낸 문자가 그러한 부분의 시작이 아닐까 싶다.

그럼에도 많은 부모가 각자만의 이유로 글을 멀리하려 한다. 그럴 때면 나는 전문가들의 말을 잠시 빌린다. 부모는 자녀가 공부를 잘했으면 하는 방책 중 하나로 글쓰기를 수면 위로 건져내기도 한다. 글쓰기가 창의성과 사고력에 영향을 미친다는 연구결과들이 부모의 선택을 뒷받침한 것이다. 그러나 아이들은 반사판에 햇살 튕겨내듯 글쓰기를 가까이하지 않는다. 그럴 때면 한 번쯤 자신은 어릴 때 글 쓰는 행위를 좋아했는지에 대해 생각해봤으면 한다. 아마도 답은 한쪽으로 기울어질 것이다.

글쓰기가 좋아서 업으로 삼는 나조차 어릴 때는 글쓰기를 끔찍이 싫어했다. 방학 숙제인 일기를 그렇게도 쓰기 싫어하던 나를 위해 어머니는 동생 몫까지 더해 한 달 치 일기를 만들어야 했다. 창작의 고통을 일련 이해하는 지금에서야 당시 어머니의 마음을 조금이나마 가늠한다. 나와는 달리 그 어떤 행위보다 글쓰기를 좋아했던 사람도, 글쓰기를 잘해서 대회만 나가면 상을 휩쓴 사람도 있을 것이다. 그러나 예외에 해당할 만큼 특수한 경우이다.

독서 교육에서 중요시하는 부분 중의 하나는 자녀가 책 읽기를 바란다면 부모가 먼저 독서하는 솔선수범을 보여야 한다는 것이다. 자연스러운 환경에서 아이들의 손에 책을 쥐게끔 하는 방책이다. 글쓰기도 이와 별반 다르지 않다. 자녀가 글쓰기를 하길 원한다면 부모가 먼저 쓰면 된다. 자녀는 어느 정도의 나이가 되기 전까지 부모의 등을 보고 자란다. 글을 쓸 때 부모의 등은 어느 때보다 커 보일 수 있다. 온몸에서 뿜어져 나오는 형언하기 힘든 에너지 말이다.

한번은 초등학교 강연에서 부모님이 언제 멋있어 보였는지를 질문했다. 대부분 예상할 수 있듯이 장난감을 사줄 때, 용돈을 줄 때, 친구들과 마음껏 놀게 해줄 때 등이 다수를 이뤘다. 이때 한 아이가 아버지가 글을 쓸 때 옆모습이 멋져 보인다고 말했다. 아버지의 턱선이 그렇게 날카로운지 몰랐으며, 영화배우 같았다는 말을 덧붙였다. 아이들에게 멋져 보인다는 말은 동경의 대상이 된다는 뜻이다. 동경은 화면 속에서 빛나는 연예인만의 전유물이 아니다. 지인의 아들은 아빠가 양치를 끝내고 입에 물을 머금은 채 입을 헹구는 모습이 멋져 보인다고 했다. 글쓰기가 빛을 발산할 만큼 특별한 행위가 아니라 할지라도 입을 헹구는 행위보다는 더 멋져 보일 것이다. 동경은 부모의 권위와도 연결된다.

벽을 마주하는 책상 앞에 앉아 펜을 들고 그날 있었던 일을 종이에 적어보는 건 어떨까. 자녀는 갑자기 이상한 행동을 하는 부모의 모습을 의아해할 수 있다. 초등학교 3학년 자녀를 둔 한 아버지에게 이 방법을 추천했더니 아이가 "아빠, 죽어?"라고 했단다. 그날 아이는 유튜브에서 유서가 무엇인지 알아봤다고 했다. 부모가 글을 쓴다는 건 그만큼 자녀에게 놀라운 행위일 수 있다.

자녀의 동경을 위해 억지로 글을 쓸 필요는 없다. 누구보다 바쁜 부모가 글을 쓰길 바라는 마음으로 건네는 하나의 제안일 뿐이다. 우리는 동경과 권위가 억지스러움에서 발생하지 않음을 잘안다. 오히려 자연스럽지 못한 행동은 글쓰기를 멀리하는 이유가될지도 모른다. 차라리 안 하니만 못한 상황이다. 그러나 습관의 대부분은 억지스러움에서 시작한다. 자녀를 위한 행위가 글쓰기 습관으로 이어질지도 모른다. 그 무엇보다 쉽지 않다고 생각하는

글쓰기 습관이 만들어진다면 글쓰기의 다양한 효과를 발견하고

받아들일 확률이 높아진다. 어쩌면 글쓰기의 재미를 발견하게 될

지도 모른다.

# 노년에 글을 쓴다면

_ 경험과 지혜의 가치를 발견

평생교육원에서 여행, 글쓰기, 인문학 등을 이야기하는 자리
가 종종 있다. 평생교육원 특성상 일정 이상 연세가 있으신 분들
이 대상인 경우가 많은데, 대부분 나보다 사회경험이 풍부한 분들
이기에 다른 공간에서 강연하는 것보다 긴장을 많이 하는 편이다.
그러나 대부분 내가 긴장한 시간마저 무색하게 만들 만큼 그분들
이 먼저 나를 편하게 대하신다. 아마도 연륜의 힘이라 불리는 것일
테다. 긴장이 풀리면 내 이야기만큼이나 그분들의 말 한마디에 더
욱 집중할 여유가 생긴다.

하루는 노년에도 글을 써야 하는 이유를 이야기하는 자리였다. 강연이 본격적으로 무르익기 전에 참가자들이 이곳에 온 이야기를 들었다. 그중에서 한 남성분이 기억에 남는다.

"회사 워크숍에서 2시간 동안 도미노를 했는데, 바람이 불어 문이 세게 닫히는 바람에 도미노가 완성 직전에 무너졌습니다. 사람들은 웃기도 하고 짜증도 내던데, 저는 그저 허무했습니다. 마치 제가 지내온 과거를 외부에서 부정당하는 느낌이 들었습니다. 고작 도미노일 뿐인데 말이죠. 그 순간의 감정이 깊어져서 무기력하게 1년을 보냈습니다. 그런데 요즘 비슷한 감정을 느낍니다. 퇴임한 지 1년이 다 되어가네요."

그분의 말이 끝나자 주변에 있던 참가자들이 종류만 다를 뿐 취미를 가져야 한다고 입을 모았다. 한 여성분은 내가 가진 마이크를 잠시 빌려 새로운 무언가를 해야 그 순간에 느끼는 무기력과 공허함을 채울 수 있다고 말씀하셨다. 그러려면 몸과 마음의 체력이 받쳐줘야 하는데 나이가 들수록 쉽지 않음을 덧붙이셨다. 그분의 이야기에 다들 고개를 끄덕이며 동의를 표했다. 참가자들은 나보다 더 넓고 깊은 혜안을 가지셨기에 나는 특별한 첨언 없이 경청에 온 힘을 다했다. 서로 간의 의견 전달이 끝날 때쯤 한 분이 "선생님, 글을 쓰면 괜찮아질까요?"라고 물으셨다. 나는 잠시 고민 후 "네"라고 답을 건네며 말을 이어갔다.

우리는 살면서 종종 무기력함을 느낀다. 무언가를 하고 싶은 의지도 없고, 그냥 쉬고 싶은 마음이다. 잠깐의 무기력은 개인의 삶에 긍정적인 영향을 줄 수 있다고 생각한다. 흔히 인생을 마라톤에 비유하지만 실제로는 비교할 수 없을 만큼 더 길다. 마라톤은 일정 이상의 훈련으로 쉬지 않고 한 번에 달릴 수 있으나 삶은 그렇지 못하다. 삶에서 쉼이 필요하다고 느낄 때는 무언가 해야 하는 강박감보다 무기력이 나을지도 모른다. 무기력보다 강박에서 벗어나는 게 더 쉽지 않다고 여기는 한 사람의 주관적인 견해이다.

그런데 무기력을 느끼는 기간이 길어지거나 정도의 깊이가 심해지면 약간의 문제가 발생한다. 무언가를 하고자 할 때 보이지 않는 두려움의 크기만큼이나 행동에 의미를 부여하는 데 꽤 많은 시간과 노력이 필요하다. 순간의 열정이 불꽃을 환하게 태울 수 있으나 의미를 주지 않는 반복은 에너지를 고갈시켜 다시 무기력으로 되돌아오게 한다. 이러한 경험은 나이에 상관없이 발생하지만,

일반적으로 나이가 들수록 더 심하다고 알려졌다. 몸과 마음의 노화는 의지를 불태울 작은 심지마저 잘라버린다.

무기력의 악순환을 끊기 위해서는 새로움을 접해야 한다. 강연에서는 새로움의 범주를 취미로 지칭했으나, 새로운 '행위'가 더 적절할 것이다. 새로운 행위는 두려움만큼이나 설렘과 기대를 불러일으킨다. 한 번도 가본 적 없는 나라로 여행을 떠나기 전날에 우리가 설렘으로 밤을 지새우는 이유이다. 우리는 호모 비아토르(Homo Viator)의 유전자를 가진 주체로서 끊임없이 새로움을 추구하고 마주하려 한다. 새로움이 불러일으키는 삶의 동력은 무기력에 의지를 불어넣는다.

글은 삶의 새로운 동력이 된다고 절실히 믿는다. 무기력으로 얼룩진 공허함에 글을 채워 넣음으로써 잠시 멈췄던 심장을 다시 뛰게 할 수 있다. 시간이 흘러 희미해져 버린 북극성을 찾아 다시 항해를 떠나며 기억에서 잊어버린(가끔은 잃어버린) 삶의 새로운 목표를 발견할 수 있다. 나는 아직 노년의 삶을 살아보지 않았기에 그분들이 접하게 되는 새로움의 강도를 명확하게 표현할 길은 없다. 다만, 노년에도 글을 쓰시는 분들의 이야기를 들었을 때 내가 생각한 감정과 크게 다르지 않음을 알았다.

글쓰기 강연에서 만난 한 분은 "7살쯤이었나요. 시골에서 눈을 처음 봤습니다. 그날의 새하얀 세상을 평생 잊지 못합니다. 그로부터 60년이 지났네요. 몇 달 전에 글을 처음 쓰던 날 그때와 비슷한 기분이었습니다. 땅에 소복이 눈이 쌓이듯 하얀 백지 위에 제 삶이 쌓이는 듯했습니다. 새로운 삶이 시작되는 것처럼 말이죠. 소복소복"이라고 말씀하셨다. 노년에 글을 써야 하는 그 무엇보다 선명한 이유가 아닐까 한다.

글은 기억에서 태동한다. 흔한 사실이 아닌 명백한 진실이다. 우리는 글을 쓰면서 과거를 마주하게 된다. 사람은 부정적인 생각을 많이 하고, 기억하고 싶지 않은 아픈 순간을 더 오랫동안 기억한다. 글을 쓰며 저편 너머에 있는 기억의 파편을 건져낼수록 마주하고 싶지 않은 기억을 만나게 될 확률이 높다. 그러나 언제나 그렇듯 그렇지 않은 순간이 존재한다.

그동안 내가 만난 연세가 있으신 분들의 글에는 아픔과 후회에 해당하는 글만큼이나 추억이라 말하며, 행복이라 여기는 순간이 많았다. 5년 만에 만난 첫사랑과 강릉 경포대에서 밤바다를 즐겼던 순간, 6년 만에 생긴 첫아이가 1년 6개월 만에 첫 발걸음을 내디딘 순간, 주위에서 짠돌이 부부라는 소리를 들을 정도로 옷 한번 사는 것도 아껴가며 악착같이 돈을 모아 결혼 15주년에 자신의 집을 가진 순간, 20살에 결혼해서 생긴 아들의 첫 손자를 품에 안은 순간 등… 글에는 그 순간들을 마주하기 전까지의 애(哀)가 담겼지만, 나는 그러한 글 속에서 희(喜)와 락(樂)을 더 크게 받아들였던 것 같다.

내가 경험하지 못한 순간들임에도 그분들의 글에 감정이 깊이 공유되었던 것은 글의 힘이자 기억의 가치가 큰 영향을 미친 덕이다. 그분들은 자신이 가진 모든 재산을 주고도 살 수 없는 시간이라는 가치를 글에서 마음껏 내뿜었다. 조건 없이 넘어오는 행복한 순간들을 받아들여 긍정적인 에너지로 발산했다. 나는 의사도, 뇌과학자도 아니지만 그 순간 발생한 에너지는 뇌에서 시작해 심장을 거쳐 발끝까지 전달되고, 그분들의 몸과 마음을 건강하게 해주었음이 분명하다.

기억 대부분이 부정적인 감정이라 해도 괜찮다. 글로써 부정적인 감정을 승화시킬 수 있기 때문이다. 그 무엇보다 쉽지 않은 과정임이 분명하나 시간의 흐름에서 만들어진 수많은 경험이라는 산물 앞에 가능할 여지가 발생한다. 우리는 불가능할 것 같은 상황에서 연륜의 힘으로 문제를 해결해나가는 순간을 종종 만난다. 이를 두고 '지혜'라 말한다. 미국의 노인정신의학박사 마크 아그로닌은 『노인은 없다』에서 "정신적인 능력 중에서 경험을 바탕으로 문제를 해결하는 능력이나 통합하는 능력, 즉 지혜라고 보면 좋을 만한 능력은 오히려 노년에 더 발달하기도 한다"라고 했다. 지혜는 순간의 번뜩임이 아닌 경험의 연속성에서 발생하는 가치이다.

기억과 추억의 경계에 작은 욕심이 더해지면 회고로 이어질 수 있다. 글은 짧은 생을 살다 간 한 사람의 삶이 후대까지 이어질 수 있는 최고의 방법이다. 세상이라는 놀이터에서 제대로 한판 놀고 갔음을 글로 기억하는 거다. 흔히 말하는 전기의 의미로 여겨도 괜찮다. 평범하지만 위대한 자신의 삶을 한 편의 글로 기록하는 것이다. 그렇다고 큰돈을 들여 만드는 자서전을 말하지는 않는다. 시대가 흐르면서 내 삶을 글로 기록하는 방법은 무궁무진해졌다. 나무로 만든 종이만이 문자를 품지 않는다. 분명한 것은 기록의 방법과는 상관없이 이름은 바람에 흩어지지만, 기록은 땅에 가라앉는다. 이를 두고 작은 욕심이라 표했지만, 인간이라면 지니는 본연의 욕구에 가깝다고 생각한다.

글쓰기는 회고의 영역에서만 멈추지 않는다. 나이가 들수록 삶의 첫 번째 가치가 되어가는 건강과 직접적인 연관을 가진다. 한 사람의 뇌에는 1,000억 개 안팎의 뉴런이 존재한다. 뉴런은 시간의 흐름에 따라 자연스럽게 생겼다 사라지기를 반복하는데, 나이가 들수록 이전과는 달리 점차 느리게 운동한다. 뇌 기능의 쇠퇴는 문제해결능력 및 정보소통능력의 저하 현상으로 이어져 일상생활에 불편함을 느끼며, 상태가 조금 더 악화하면 건망증을 넘어 주체로 사는 삶이 희미해지는 치매까지 닿게 된다. 이를 예방하려면 뇌에 새로운 자극을 지속해서 전달하고 뇌를 활발하게 활동시켜야 한다.

글쓰기는 이러한 자극에 최적화된 수단이다. 다양한 연구를 통해 대뇌피질의 대부분 영역에 글이 영향을 미친다는 점이 밝혀졌다. 특히 쓰는 행위는 망상체 활성화계(Reticular activating system)로 알려진 뇌의 기초 세포군을 자극한다. 뇌는 끊임없이 주변 정보들을 찾고, 우리가 의식(혹은 무의식)적으로 원하거나 친숙

한 것을 발견해낸다. 이때 망상체는 일종의 안테나 역할을 하여 우리의 인지 체계가 그렇게 작동하도록 돕는다. 글을 쓰며 하나의 기억을 떠올리면 연거푸 다른 기억이 떠오르는 것도 이러한 원리에 해당한다. '그 순간'을 떠올리면 그물망처럼 그때의 풍경, 냄새, 소리를 검토하고 포착하여 연결하는 것이다.

조금 더 쉽게 이야기하자면 기술이 발달하면서 인간은 편함에 길든다. 편함은 행동의 최소화로 연결되어 자연스럽게 귀찮음을 유발한다. 귀찮음은 최적이자 최소한의 뇌 운동으로 이어지는데 나이가 들수록 더욱 심화한다. 무기력함에서 발생하는 의지의 부재이자, 귀찮음을 극복할 체력이 부족해서일 것이다. 그런데 일단 쓰기 시작하면 우리의 뇌는 각각의 뇌세포가 있는 방문에 노크를 시작한다. 어떤 세포는 노크를 무시한 채 방문을 열지 않으나, 대부분 문을 열어 뇌 활동을 활성화하여 노화를 예방하고 건강하도록 돕는다. 글쓰기의 큰 장점 중 하나는 뇌 순환의 영역이며, 나이가 들어도 글을 써야 하는 가장 현실적인 이유이다.

그럼에도 글쓰기를 머뭇거릴지 모른다. 삶의 회고 따위는 거추장스럽게 여길 수 있다. 해야 하는 이유를 무수히 불러들여도 나이가 들면서 발생하는 자연스러운 감정과 판단 앞에 고개를 숙이게 된다. 그렇다면 조금은 가볍게 생각해도 괜찮을 것 같다. 『백년을 살아보니』의 저자 김형석 교수는 인생을 0~30세, 30~60세, 60세 이후로 나눈다. 인간은 생존하기 위해 60세까지 열심히 교육받고 일하다 보니 60세쯤이 되어서야 철이 든다고 한다. 그리고 60세 이후를 제2의 마라톤으로 여겨 쭉 뻗은 트랙 위를 마음 놓고 달리라고 말하며 응원한다.

제2의 마라톤을 할 때는 우리가 일상에서 얽매이는 1등, 2등과 같은 순위에는 특별한 의미가 부여되지 않는다. 그저 인생의 황금기를 마음껏 즐기면 된다. 그리고 우리 삶에서 가장 아름답고 좋은 그 시절을 문자로 써 내려가는 것이다. 맞춤법과 문법을 틀려도 괜찮고, 써야 하는 위대한 이유가 없어도 상관없으며, 글을 쓰지 않을 핑곗거리도 필요치 않다. 나이나 의지와 상관없이 누구나 할 수 있는 단순한 쓰는 행위, 그것만으로 충분하다.

# 4장

·

## 좋은 글로 향하는 길

# 우리는 '좋은' 글을 '잘' 써야 한다

지금까지 우리가 왜 글을 쓰지 않는지, 그런데도 왜 글을 썼으면 하는지를 이야기했다. 이쯤 되면 시중에 나와 있는 다른 글쓰기 책들처럼 어떻게 글을 써야 하는지 답을 갈구하는 자신을 발견할지도 모른다. 어쩌면 아주 자연스러운 과정이다. 우리는 '어떻게'의 답을 알고 있다. 지금 머릿속에 떠오르는 생각들을 문자로 옮기면 된다. 손에 펜을 쥐어서 한 글자씩 적어나가든, 독수리타법으로 노트북에 써 내려 나가든 쓰는 방식은 중요하지 않다.

주술 관계에 대한 약간의 이해와 적정 수준의 어휘를 알고 있으면 좋다. 세밀하게 감정을 표현하고 싶은데 그 자리에 어울리는 복잡하면서도 명확한 단어가 떠오르지 않으면 그 단어를 포괄하는 어휘를 상용하면 된다. 한 예로 좋고 나쁨의 감정은 수백 갈래로 나뉘지만 '기분이 좋다', '기분이 나쁘다', '행복하다' 등으로 전반적인 감정을 표현할 수 있다. 타인의 눈에는 기준이 모호할지라도 시간이 흘러 자신이 읽었을 때 선명도의 차이일 뿐 그 순간의 생각과 감정을 받아들이는 데 큰 문제가 되지 않는다.

특별하지 않은 뻔한 이야기다. 쓰는 행위를 하는 사람 중에 내가 내린 답의 의미를 이해하지 못하는 사람은 없을 것이다. 그런데 글쓰기를 이야기하는 자리에서 이와 같은 말을 꺼냈을 때 생각보다 많은 사람의 얼굴에서 생각해보지 않았던 내용을 들은 것처럼 무언의 의문이 떠오르는 것을 볼 수 있었다. 아마도 어떠한 벽을 마주한 사람에게 벽을 깨부술 망치나 벽을 넘을 사다리가 아닌 작은 열쇠를 건넸기 때문일 것이다.

중학교 수업시간 때 선생님이 학생들에게 교과서의 어느 특정 부분을 지목하며 A라는 답을 알려주셨다. 시험에 나올 테니 꼭 외우라는 당부의 말도 잊지 않으셨다. 실제로 선생님이 알려주신 부분이 시험 문제에 나왔고, 대부분 별 고민 없이 A를 선택했다. 그런데 나를 포함한 몇몇은 설마 하며 B를 선택했다. 시험이 끝난 후 아이들의 웅성거림에 A가 답인 듯했으나, 시험 결과가 나오기 전까지 B가 답일지도 모른다는 희망을 버리지 않았다.

만약 어떻게 글을 써야 하는지에 관한 답을 찾는다면 우리는 A를 선택하면 된다. 내가 오랫동안 글을 쓰거나 유명 작가는 아니지만, 이 질문에 관한 답은 A가 적확하다. 장고(長考) 끝에 악수(惡手) 난다고 했다. B가 아닐까 하는 생각의 여지조차 주어서는 안 된다. 그저 자기 생각을 문자로 형상화하는 일이 '어떻게?'의 정답이다. 가끔은 고차원적인 질문을 품어야 할지도 모른다. 이때는 A를 선택해도 되지만, B나 C가 정답은 아닐까 하는 희망을 버려서는 안 될 것 같다. 미적분처럼 어려운 수학 공식을 대입하여 증명하지 않는다. 다만 조금 생각해볼 문제다. 장고가 필요할지도 모른다.

우리는 일련의 글과 책을 읽으며 '이 문장 참 좋다, 이 사람 글 잘 쓰네'와 같은 생각을 떠올릴 때가 있다. 자신이 좋은 책(혹은 잘 쓴 글)이라고 판단한 도서를 친구에게 추천하거나 선물하기도 한다. 친구가 좋은 책에서 발견할 긍정적인 영향을 기대하면서 말이다. 여기서 언급한 '좋은'과 '잘'은 바라보는 기준에 따라 다를 수 있다고 생각한다.

'잘'은 상대성이 진하게 드러난다. 상대성의 기준은 나이가 들수록 더 명확해진다. 어린 시절 책을 읽고 난 후 아이가 부모에게 "엄마, 이 글 잘 적은 것 같아"라고 말하지 않고, "엄마, 이 책 좋아"라고 이야기한다. 어릴 때는 방귀, 똥, 괴물 등의 단어가 많이 들어갈수록 좋은 글이 된다. 시간이 흐르면 학업과 독서를 통해 어느 정도의 글 데이터베이스가 뇌에 저장된다. 어느 시점이 되면 비교 시스템이 자동화하여 자신도 모르게 이전에 읽은 글과 비교하며 바라본다. 이 글과 저 글 사이의 간격을 찾아내어 조금 더 잘 쓴 글을 판명하려 한다. 읽고 쓰기를 자주 반복한 사람일수록 기준이 선명해진다.

이와는 달리 '좋음'은 그 자체만으로도 의미가 발생할 여지가 있다. 자신이 정해놓은 기준에 따라 결정이 나는데 이유를 막론하고 좋으면 좋은 것이다. 혹여 대중에게 엉망인 글이라고 지탄받을지라도 자신에게 좋으면 좋은 글이자 책이다. 그런데 통상적으로

'좋은'도 '잘'의 영역에 포함하여 사용한다. 사회란 공간에서 사람들과 함께 살아가다 보면 좋음의 기준이 상대와의 비교에 속하고, 이를 바탕으로 좋음을 판단하는 자신을 발견할 수 있다. 흔히 말하는 사회화가 잘 된 사람일수록 더욱 두드러진다. 그렇기에 읽는 사람은 좋은 글과 잘 쓴 글을 혼용해서 받아들여도 아무런 상관이 없다고 생각한다.

쓰는 사람은 두 가지 가치를 기반으로 '어떻게 글을 잘 쓸 수 있을까?'와 '어떻게 좋은 글을 쓸 수 있을까?'를 질문으로 이어갈 수 있다. 글을 쓰며 B와 C가 아닐지를 고민해야 하는 시점이다. 아직 두 질문으로 이어지지 않았어도 괜찮다. 질문을 마주하는 시점이 다를 뿐 글을 계속 쓴다면 언젠가는 만나게 된다고 믿는다. 인간은 욕심을 가진 존재이며, 글에도 자연스럽게 욕심을 투영한다. 누구나 쓸 수 있는 글이기에 조금 더 잘 쓰고 싶고, 조금 더 좋은 글을 쓰고 싶어 하는 것이다. 일로서의 글쓰기든, 취미로서의 글쓰기든 마찬가지다.

둘은 서로가 만나고 헤어지길 수없이 반복한다. 그런데 쓰는 사람이라면 둘의 결이 다름을 인지해야 한다. 어느 방향을 선택하느냐는 크게 중요하지 않다. 각자의 가치에 따라 달라질 뿐이다. 이 또한 사람의 욕심인지라 두 마리 토끼를 다 잡고 싶은 마음이 생긴다. 가끔은 욕심을 내려놓는 게 더 나을 때가 있다.

잘 쓴 글은 기술의 영역에 가깝다고 생각한다. 우리가 전문성이라 부르는 분야다. 잘 쓴 글들은 대부분 주장에 대한 근거가 확실하여 저자의 의도가 잘 전달된다. 문장의 길이가 적절하게 배치되어 호흡을 편하게 해주며, 어휘를 적재적소에 배치하여 글이 풍성한 느낌이 든다. 이처럼 뛰어난 기술을 가진다는 것은 정말 쉽지 않은 일임이 분명하다. 전문성의 초입에서 열심히 헤엄치는 중인 내겐 아직은 먼 나라의 이야기이다. 그럼에도 잘 쓸 수 있다는 희망의 끈을 놓지 않는다. 어느 정도 이상의 교육과 노력으로 닿을 수 있는 거리라고 생각해서이다.

소설의 대가라 불리는 스티븐 킹은 『유혹하는 글쓰기』에서 "수많은 사람이 적어도 조금씩은 문필가나 소설가의 재능을 갖고 있으며, 그 재능은 더욱 갈고닦아 얼마든지 발전시킬 수 있다고 나는 믿는다"라고 했다. 아마도 스티븐 킹이 이야기한 영역이 전문성이 아닐까 싶다. 누구도 '어느 정도'를 단언할 수는 없겠지만, 꾸준한 노력은 배신하지 않는다고 믿는다.

좋은 글은 잘 쓴 글보다 정의의 선명함이 덜하다. '잘'의 특성과 마찬가지로 상대성의 범주에 속하나 자기 기준이 또렷한 좋음의 특성 때문이다. 글을 쓰고, 좋은 글을 지향하는 사람들은 각자만의 정의를 꺼내 놓는다. 『대통령의 글쓰기』의 저자 강원국 작가는 감성의 중요성을 강조하며, 공감력이 뛰어난 글이 좋은 글이라 말한다. 기발하고 독특한 저자의 관점이 글에 드러날수록 좋음의 정도가 두드러진다. 박목월 시인의 아들이자 서울대학교 명예교수인 박동규 작가는 글쓴이의 사상과 감정이 효과적으로 표현되고 독자에게 잘 전달된 글이 좋은 글이라고 말한다. 유시민 작가는 책을 읽다가 두 손으로 책을 들어 가슴에 가져다 대는 행위가 자주 일어나게끔 하는 글이 좋은 글이라고 표현한다. 이러한 점들을 두고 봤을 때 좋은 글이란 공감, 재미, 사람(저자)과 결을 같이한다고도 볼 수 있을 것 같다.

나도 나만의 정의가 있다. 쓰는 눈이 부족할 뿐 읽는 눈이 경계의 아래에 머물지는 않는다. 2019년까지만 해도 오랫동안 여운이 남는 글, 프레임에서 벗어나게 해주는 글이 좋은 글의 범주였다. 그러나 최근에 이국환 작가의 『오전을 사는 이에게 오후도 미래다』를 읽은 후 좋은 사람이 쓰는 글이 좋은 글이라는 생각이 더해졌다. 분명 그동안 글을 읽고 쓰며 내린 일련의 정의일 뿐 선명하다고 말하기는 힘들다. 좋음은 자신의 기준에서 판단될 수 있다고 말했으므로 내가 가진 정의가 내게는 좋은 글이다.

다만 글쓰기를 업으로 삼은 사람으로서 좋은 글이라는 북극성을 향해 계속해서 나아갈 뿐이다. 북극성이라 표현했다고 해서 좋은 글을 잘 쓴 글의 상위 개념으로 여기는 것은 아니지만 좋은 글이 잘 쓴 글을 품을 수 있다고 생각한다. 잘 쓰지 않은 글은 좋은 글이 될 수 있으나, 좋지 않은 글은 잘 쓴 글이라 말하기 어렵다. 대표적인 예로 내가 좋아하는 순천 할머니들의 『우리가 글을 몰랐지 인생을 몰랐나』를 꼽을 수 있다. 그중에 라양임 할머니의 글을 잠시 빌려본다.

나이는 83살입니다.

전주에서 태어났지만 송광면 이읍에서 살았습니다.

형제자매는 6남 1녀 중 양념딸입니다.

부모님은 양념딸이라고 내 이름을 양임으로 지어 주셨습니다.

별명은 부지런뱅이입니다.

부지런하다고 그렇게 불렀습니다.


난리통에 오빠하들이 네 명이나 행방불명되어

아픔을 겪었습니다.

부모님은 왜놈들 눈을 피해 나를 독아지 속에

숨기기도 했습니다.


나는 공부가 하고 싶었습니다.

밥할 때도 부지깽이를 시커멓게 태워서

내 이름하고 1부터 100까지를 썼습니다.

내가 아는 글자는 모두 그것뿐이었습니다.


이 글을 두고 각자의 쓰기 기준으로 봤을 때 잘 썼다고 말하기는 쉽지 않을 것이다. 혹자는 누구나 적는 일기쯤으로 평가할지 모르며, 합평의 자리였다면 수없이 본문의 내용이 바뀌었을지도 모른다. 앞서 이야기한 좋은 글의 기준이라 여긴 공감과 재미와는 한 발짝 먼 거리에 있다. 많은 사람이 살아보지 못한 시대이며, 재미있는 에피소드는 글에서 보이지 않는다. 그런데도 많은 사람이 이 글(책)을 좋은 글로 여긴다. 글 너머에서 그 사람을 발견했기 때문이다. 혹여 발견하지 못했다고 하더라도 설명하기 힘든 좋은 글인 이유가 존재한다. 이 글을 두고 잘 쓴 글은 아니지만 좋은 글이라고 말하는 까닭이다.

잘 쓴 글과 마찬가지로 우리는 좋은 글에 닿을 수 있다고 생각한다. 다만 잘 쓰는 것보다 어려울 수 있다. 명확하게 좋은 글이 무엇인지 설명하기 힘든 이유와 같다. 그래서 우리는 어떻게 글을 잘 쓸지 고민해야 한다. 좋은 글로 향하는 길은 뿌연 안개로 가득하다. 안개 너머에는 평평한 길인지, 장애물이 많은지, 낭떠러지인지 모른다. 어떠한 용기만으로 발을 내딛기란 쉽지 않다. 물론 잘 쓰기 위한 길에도 무수한 장애물이 존재한다. 그런데 조금은 선명한 길이다. 건널 방법을 계속해서 연구하고 노력하면 된다. 넘어지고 또 넘어져도 당당하게 걸어나갈 수 있다. 그 길로 묵묵히 걸어가면 어느 순간 좋은 길을 향해 걷는 자신을 만나게 될 것이다.

글을 잘 쓰는 방법은 글쓰기 관련 도서와 영상에 많이 나와 있다. 그중에 철저하게 자기중심에 맞춰서 선택한 괜찮은 방법을 일정의 시간을 들여 연습하면 된다. 그러나 한정된 시간에 그 모든 것을 받아들이기란 쉽지 않다. 받아들인다고 해도 소화하기까지 꽤 많은 시간이 필요하다. 그래서 바쁜 현대인들을 위해 내가 수많은 자료에서 찾은 세 가지 교집합을 밝히려 한다. 바로 '짧게 쓰고, 분명하게 쓰며, 정확하게 쓰는 것'이다.

조금 더 자세히 풀어보자면 문장을 짧게 쓰면서도 심심하지 않아야 하며, 쉽게 쓰면서도 의도가 분명해야 한다. 문장과 문장의 연결이 자연스러우면서도 인과는 정확해야 한다. 다양한 어휘를 구사하여 문장의 맛을 살려야 하면서도 화려한 미사여구의 늪에 빠지지 않도록 주의해야 한다. 시를 쓴다면 리듬감이 뛰어나야 하며, 에세이를 쓴다면 그 순간의 감정에 매몰되지 않아야 한다. 소설을 쓴다면 기승전결의 구조를 기반으로 스토리가 탄탄해야 한다. 클리셰는 최소한으로 하고, 극의 반전으로 독자의 허를 찔러야 한다.

만약에 문학스러움을 강조하고자 마음먹은 글이라면 이 모든 전제를 논외로 둘 수 있다. 쓸 때부터 읽는 사람이 어렵고 복잡하게 받아들이도록 여러 가지 장치를 설치하기 때문이다. 단, 시대가 바뀌면서 문학스러움의 비중이 필자에서 독자에게로 흘러가고 있음을 유의해야 한다. 독자가 이해하지 못하는 글은 문학스러움이 아닌 잘 쓰지 못한 글 혹은 나쁜 글이 될 수 있다.

이러한 교집합을 기반으로 둔 채 퇴고라 말하는 고침을 더하면 된다. 고침은 교집합이 아닌 잘 쓰기 위한 절대 요소이다. 교집합을 아무리 쓸어 닦아도 퇴고 없는 글을 두고 잘 썼다고 말하기 힘들다. 내가 아는 범주에서 글을 쓴다고 말하는 사람 중에 시간과 횟수의 차이일 뿐 퇴고하지 않는 사람은 없다. 그들 모두 글을 잘 쓰기 위해 노력한다.

여기까지가 내가 아는 유명 작가들의 글 잘 쓰는 '어떻게'이다. 지금부터는 내가 아는 '어떻게'에 관한 이야기를 풀어보고자 한다. 그렇다고 어떠한 기술을 뜻하지는 않는다. 불과 3년 전까지만 해도 글이 무엇인지도 몰랐던 내가 그동안 고민한 관념들 위에 여러 자리에서 만난 사람들이 건넨 현실적인 의문을 더해 글을 잘 쓰기 위한 여섯 가지 질문 형식으로 이야기를 풀어 놓았다. 좋은 글을 쓰기 위한 여섯 가지 질문이기도 하다. 한 단계씩 건너다 보면 각자가 원하는 목적지에 조금은 가까워질 것 같다. 어쩌면 나보다 먼저 도착할지도 모르겠다.

질문에 관한 내 답을 '좋은'과 '잘'을 교차해가며 적어 봤다. 어느 정도 의중을 두고 문맥에서 둘 중 한 가지를 선택했다. 이러한 부분은 스스로 판단하여 받아들여줬으면 한다. 장애물을 넘는 방법은 함께 찾을지라도 넘는 사람은 언제나 나 자신이다.

# Q1.
## 어느 정도의 솔직함을 담아야 하는가?

2018년 한 해 떡볶이 신드롬을 불러일으켰던 『죽고 싶지만 떡볶이는 먹고 싶어』는 10년 넘게 가벼운 우울이 지속되는 상태를 뜻하는 기분부전장애를 겪은 저자가 정신과 전문의와 12주간 상담한 내용을 대담형식으로 엮었다. 저자인 백세희 작가는 이 책을 출간하기 전까지 유명 작가가 아니었으며, 최근 출판업에서 이슈로 떠오르는 인플루언서도 아니었다. 독립출판으로 출간되어 단지 입소문만으로 연간 40만 부라는 엄청난 판매량을 이루며 많은 사람에게 공감과 위로를 건넸다.

사람들은 초대형 베스트셀러이다 보니 '책이 왜 이렇게 많이 팔렸을까?' 의문을 가지기도 했다. 누군가는 제목 때문이라고 말하고, 혹자는 운이라고도 말했다. 백세희 작가는 한 인터뷰에서 이러한 의문에 솔직한 마음을 꺼냈다.

"슬픈 이야기이지만 내 책엔 기댈 곳이 없다. 내가 힘들다는 것, 그걸 써 내려간 책이다. 어떤 사람의 바닥을 보는데 그게 너무 내 얘기 같은 거다. 치부고 어두운 면이라 감추고 있었는데, 나만 그런 게 아니었다는 생각이 드나 보다. '다들 꽁꽁 숨기고 있구나' 하면서 위로받았던 게 아닐까."

'치부, 바닥' 두 단어는 아무리 좋게 생각하려 해도 부정적으로 들린다. 종종 자기계발서에서 치부와 바닥을 원동력 삼아 더 나은 자신을 만들 수 있다고 이야기하지만, 밖으로 꺼내기조차 쉽지 않은 게 명확한 사실이다. 자물쇠로 채워진 일기장 깊숙이 숨겨놓은 자신의 아픈 상처를 부모도, 사랑하는 사람도 아닌 이름도, 얼굴도 모르는 불특정 다수에게 꺼내기란 어려운 일이다. 누군가는 자본주의 사회답게 돈이면 다 될 수 있다고 말한다. 그러나 눈앞에 일확천금이 있어도 숨기고 싶은 이야기를 밖으로 꺼내기는 쉽지 않다. 돈이라고 해서 모든 불가능을 가능으로 만들지 않는다.

출판 업계에 몸을 담고 있는 사람들의 말을 빌리면 『죽고 싶지만 떡볶이는 먹고 싶어』 출간 전후로 기획출판이든, 독립출판이든 '솔직한' 글이 우후죽순 쏟아져 나왔다고 한다. 누군가는 홍수라는 표현까지 빌려왔다. 솔직한 글이란, 아마도 가장 소중하게 여기는 사람에게조차 말하지 못한 진실을 가감 없이 적어 내려간 글을 뜻한 것이다. 10년 전이나, 50년 전이나 우리의 글은 솔직했다. 그렇다면 왜 솔직한 글이 최근 들어 홍수처럼 쏟아져 나오는 걸까? 백세희 작가의 말처럼 타인의 글을 통해 위로받는 사람이 많으므로 출판사에서 선택한 전략적인 부분일 수 있다. 어쩌면 쓰는 사람으로서 솔직한 글이 좋은 글이라고 생각해서일지도 모른다.

2019년 여름, 매주 화요일 오전에 3주간 여행 인문학 강연을 진행했다. 참여자가 많지는 않았으나 첫 인문학 강연이어서 유독 준비도, 긴장도 많이 했던 시간이었다. 마지막 강연을 마치고 참가자들과 1시간가량 이런저런 이야기를 나눴는데, 그중에 한 참가자가 말했다.

"이 강의를 신청할까 말까 하다가 서점에 가서 작가님 책을 먼저 읽었습니다. 테이블에 앉아 2시간 만에 다 읽었어요. 여행 이야기라서 그런지 몰라도 재미있었습니다. 그런데 글을 읽으면서 '남들에게 쉽게 꺼내기 힘든 이야기들을 어떻게 이렇게 적어낼 수 있었을까?'라고 생각했습니다. 솔직하게 말씀드리면 강의에 대한 궁금증보다 이렇게 솔직한 글을 적은 사람의 이야기가 듣고 싶어서 신청했습니다. 다행히 3주 동안 만족스러웠습니다."

그가 언급한 책인 『답은 '나'였다』는 세계 일주 이야기가 담겨 있지만, 흔히 말하는 여행 에세이라고 포장하기에는 여행 관련 이야기가 많지 않고 여행 사진 한 장도 담겨있지 않다. 오히려 내 일상과 사유에 관한 이야기가 더 많은 비중을 차지한다. 그러한 데에는 단순 여행기로 보이지 않았으면 하는 바람이 담겨 있었다. 글에는 부모님이 잠시 눈을 감았던 순간, 여행하며 우울증을 경험한 순간, 사고로 죽음 앞에 마주한 순간 등을 담았다. 판도라의 상자 안에 꽁꽁 숨겨놓은 채 타인에게 드러내고 싶지 않은 이야기들이었다.

2019년 가을에 출간한 『직장은 없지만 밥은 먹고삽니다』도 마찬가지다. 퇴사 이후 프리랜서의 삶을 담으면서 그 흔한 대출도 안 되는 현실, 계좌에 0원이 찍혔던 순간들을 적나라하게 담았다. 지금의 이 글도 사람들이 글을 쓰면 좋겠다는 마음을 옮기면서 내가 전달하고자 하는 바를 온전히 전하기 위해 누구에게도 드러낸 적 없는 과거의 일부를 적었다. 쓰다가 두 번이나 포기한 글이었다. 기억을 밖으로 꺼내어 문자로 써 내려가면서도 노트북 자판에서 손을 뗐다 붙이기를 수백 번 반복했다.

글을 쓰면서 종종 '이렇게까지 써야 하는 걸까?'에 부딪힌다. 나는 아프고 힘든 순간들을 마주해도 무덤덤하게 타이핑을 치면서 넘어갈 만큼 마음이 강한 사람도, 감정이 메마른 사람도 아니다. 슬픈 드라마나 영화를 보면 눈물을 흘리는 평범한 사람이다. 이 문장을 바라보는 지금도 마찬가지다. 오래전 이야기라고 아무렇지 않게 글을 써 내려가는 것은 아니다. 그렇다고 이 책으로 많은 돈을 벌겠다는 헛된 바람도 없다. 출판업의 생태는 2019년에 철저히 받아들였다. 그럼에도 이처럼 계속해서 솔직한 이야기를 꺼내는 데는 상황을 직면하여 마음을 치유하고 싶은 한 가지 방법이며, 좋은 글로 향하기 위한 나의 선택이다.

글은 밖으로 드러나는 순간 상대에 의해 판단된다. 그렇지 않길 바라는 마음은 모순에 불과할 것이다. 그런데 글을 계속 쓰는 사람은 스스로 문제를 해결하고 싶은 욕망에 부딪힌다. 자기만족이자 타자를 만족하게 하기 위한 선택이다. 나는 글을 꾸준히 쓰고 싶었고, 잘 쓰고 싶었다. 어떻게 해야 하는지 모르는 상태에서 사람들이 솔직하게 글을 쓰라고 해서 그렇게 했다. 거짓된 감정을 잠시 감출 수는 있어도 결국은 드러난다고, 타인은 몰라도 자신은 안다고 했다. 솔직하지 않은 글은 꾸준하게 쓸 힘을 줄어들게 한다. 그래서 나는 솔직함을 선택했다. 글을 모르던 내게 허락된 몇 안 되는 무기였다.

『직장은 없지만 밥은 먹고삽니다』의 원고를 투고하면서 P 출판사 대표님을 만났다. 대표님은 내 원고를 책으로 출간하고자 마음먹었던 터라 본인이 느낀 감정을 진솔하게 말해주었다.

"작가님의 글은 문체가 유려하거나 세련되지는 않습니다. 그런데 솔직담백한 맛이 있습니다. 글을 계속 쓴다면 작가님만의 문체가 잡힐 테고 더 유려해지겠지만, 그렇지 않아도 괜찮다는 느낌이 듭니다. 좋은 글이란 독자가 판단합니다. 제가 느낀 감정을 독자들도 발견할 수 있다고 생각합니다."

솔직담백에는 거짓이 느껴지지 않는 날것의 감정을 잘 표현했다는 의미이자, 숨기고 싶은 이야기를 드러낸 용기에 대한 응원이라고 생각한다. 솔직하게 드러낸다는 것은 글에서 자존감을 마주하게 해줄 뿐만 아니라 좋은 글을 쓰는 방법이자, 글을 계속 쓰기 위한 요소이다. 자신을 꾸며 무엇이 도드라지게 표현하는 것을 말하지 않는다. 밋밋한 글이 되지 않기 위해서 일정 수준의 화장은 필요하나 민낯 그대로를 자신 있게 표현하는 힘이 요구된다.

타인에게 자신의 본 모습을 드러내고 싶지 않은 것이 평범한 사람의 심리다. 자신도 다 알지 못하는 자기 내면을 밖으로 꺼내는 일이 쉬울 리 없다. 그 어떤 행위보다 많이 꺼려짐이 분명하다. 하지만 우리가 무언가를 얻기 위해 쉬운 길만 걸어갈 수는 없다. 솔직함을 잘 드러내는 사람으로 나는 홍승은 작가를 꼽고 싶다. 이 책이 원고에 머물렀을 때 가제가 홍승은 작가의 『당신이 글을 쓰면 좋겠습니다』와 같았는데, 좋은 제목을 놓쳤다는 생각에서였는지 몰라도 첫인상이 그다지 좋지만은 않았다. 그러나 책의 서문을 읽으면서 작가에 대한 시선이 조금씩 바뀌기 시작해서 책의 중간쯤에서는 이처럼 솔직하게 적어도 괜찮은 건지를 생각했고, 마지막 장을 덮고 나서는 제목이 주인을 제대로 찾았다는 결론을 내렸다. 글에서는 그 누구도 꺼내기 쉽지 않은 한 사람의 진솔한 삶이 보였다. 진실을 감춰도 충분히 좋은 글을 완성할 수 있는 필력을 가지고 있음에도 한 글자씩 써 내려가며 글에 솔직함을 녹이려 애쓴 모습이 눈에 선했다. 그러한 힘이 어디에서 나왔을까를 생각했을 때 책의 서문에서 답을 발견할 수 있었다.

나는 '대의'를 위해 글을 써왔지만 정작 내 몸과 가족, 학교, 주위의 일상적인 폭력에 침묵해왔던 사실을. (중략) 글은 존재를 고정하지 않는다. 상처와 고통을 정직하게 직시하고 글을 쓰고 나면, 그다음을 살아갈 힘을 갖게 된다고 나는 믿는다.

홍승은 작가의 삶처럼 솔직함을 밖으로 드러냄으로써 파생되는 결과가 타인을 위해서는 아닐 것이다. 과정에서 만들어지는 파동이 혈관을 따라, 생각의 줄기를 따라 우리 몸과 마음 곳곳에 닿게 된다. 이러한 결과가 자아로 이어져 홍승은 작가의 말대로 살아갈 힘을 갖게 한다. 솔직할수록 글쓰기 효과를 자신의 것으로 받아들일 수 있으며, 글을 써 내려갈 이유가 점점 명확해진다. 글쓰기의 선순환이다.

솔직함이 아프고 힘든 상처만을 말하는 것은 아니다. 사랑하는 사람과의 즐겁고 행복했던 기억, 무의미하게 느껴질 만큼 특별하지 않은 듯한 일상의 기억 모두가 솔직함의 범주에 속한다. 감추고 싶은 순간이 없는 사람도 있을 것이다. 내가 그런 사람을 모를 뿐이다. 감추고 싶은 부정적인 기억을 솔직하게 드러내는 과정에서 발생하는 긍정적인 효과가 조금 더 클 뿐이라고 생각한다. 다른 기억도 긍정적인 결과로 이어지는 것은 별반 다르지 않다.

좋은 글을 쓰고 싶다면 솔직했으면 한다. 지금의 솔직함보다 한발 더 나아간 진솔함이다. 글쓰기 모임을 할 때마다 참가자들에게 솔직함을 드러내라고 항상 이야기한다. 타인은 속일지라도 자신은 속이지 않았으면 하는 바람에서 더욱 강조한다. 솔직함이 건네는 가치가 있으며, 그 가치는 글에서 더욱 빛날 수 있다.

소중한 시간과 돈을 들인 자리에서 무엇을 얻을 수 있을까? 합평의 자리가 아니고서는 글쓰기 기술이라 말하기 어렵다. 솔직하게 자신을 꺼내 놓는 법, 그 순간의 후련함과 쾌감을 발견했으면 한다. 솔직해지는 과정에서 자신도 모르게 눈물을 흘릴지도 모른다. 마음이 아파서만은 아닐 것이다. 케케묵은 오래된 감정이 해소되는 그 순간이 글을 계속 쓰게 만든다. 모임에서 만난 사람 중에서 자신과 타인에게 눈물을 보인 사람은 무수한 장애물 앞에서도 계속 글을 쓰기 위해 노력한다.

타인에게 자신의 솔직함을 도저히 보여주지 못한다고 해도 괜찮다. 그 누구에게도 쉽지 않은 일임을 모두가 안다. 만약 드러내고 싶은 마음을 조금이라도 가지고 있다면 소설이라는 근사한 방패를 손에 쥐어도 좋다. 허구 뒤에 숨어 자신의 날개를 마음껏 펼치는 것이다. 자신의 경계를 안다는 것은 삶에서 매우 중요한 일이기에 자신의 솔직함을 시험해도 괜찮다. 소설이 진실에 기반을 둔 허구일지라도 타인에게는 그냥 허구일 뿐이다. 내가 다시 소설을 쓰려 하는 이유 중 가장 큰 부분을 차지한다.

타인의 평가가 좋은 글의 기준이 되지만 아주 가끔은 자신이 쓴 한 단어, 한 문장에 스스로 위로되고 공감된다. 그 순간의 느낌을 안다면 글쓰기의 재미와 써야 할 이유를 발견할 확률이 높아질 것이다. 지금의 내 글이 누군가에게 좋은 글이 될 수도, 형편없는 글이 될 수도 있다. 나는 그러한 기준과는 상관없이 나의 진솔함을 그 어느 때보다 이 글에 꾹꾹 눌러 담아내고 있다. 글을 쓰면서 자존감이라 말하는 것을 계속 회복 중이다. 아픈데 자존감을 회복한다는 말이 아이러니하게 들릴지도 모른다. 나는 그것을 스스로 증명할 수 있으며, 계속해서 해내려 한다. 여러모로 부족한 내가 할 수 있다면 이 글을 읽는 대다수의 사람이 할 수 있다고 믿는다.

# Q2.
## 꼭 전공을 해야 글을 쓸 수 있는가?

고등학생이 되면 교사, 학부모, 학생은 대학명과 전공 중 한 가지를 우선으로 두고 다양한 의견을 나눈다. 시대가 흐르면서 대학이 필수가 아니라는 흐름이 있다. 그러나 아직은 대학이 12년 학창생활의 종착지라는 점을 부인하기란 어렵다. 원하는 대학교에 원하는 전공으로 가면 더할 나위 없지만 쉽지 않음을 대부분 안다. 무엇을 우선으로 하는지는 각자의 기준에 따라 중요도가 달라지므로 정답은 없다.

나는 A 대학의 아무 전공과 B 대학의 경영학과 중 하나를 우선으로 두고 준비했다. 하지만 한 번도 생각해본 적 없던 수능 점수를 받으면서 C 대학의 아무 전공을 선택했다. 혼란스러운 마음에 무엇이 최선인가를 인지하지 못한 채 부모님의 의견에 따른 차선이었다. 처음에는 전액 장학금을 취득하자는 마음으로 공부했으나 생각해본 적 없던 전공이어서인지 떨어지는 관심도만큼 성적에도 고스란히 반영되었다. 취업은 해야 했기에 제대 이후 학점을 관리하려 경영학을 복수전공으로 두었다. 다행히도 관심 있던 분야를 공부해서인지는 몰라도 괜찮은 성적을 유지할 수 있었다.

불과 몇 년 전까지만 해도 대학과 전공의 중요성을 두고 누군가 고민한다면 나는 의심할 여지 없이 대학의 손을 들었다. 좋아하는 전공을 공부하면서 발생하는 결과보다 취업이라는 현실에서 맞이하는 대학의 중요성을 뼈저리게 체감했기 때문이다. 게다가 본 전공이 아니더라도 복수전공을 선택하거나 학교 밖에서 충분히 배울 수 있다. 하지만 지금은 몇몇 최상위 대학을 제외하고는 전공이 조금 더 중요하다는 쪽으로 마음이 바뀌었다. 대학의 절대적인 기준선이 낮아진 것은 아니다. 삶을 조금 더 길게 봤을 때 전공이 가져다주는 이점이 더 크게 작용한다고 생각해서다.

전공이란 기본을 이야기한다. 대학을 두고 학문을 연구하는 상아탑(象牙塔)이라 부르는 시대는 꽤 오래전에 막을 내렸다. 그러나 초·중·고에서 배웠던 기초를 벗어나 대학에서 전공을 배우며 기본을 다지는 것은 변함이 없는 듯하다. 그런데 나는 당연하듯 대학과 사회를 분리시켰다. 분리에서 만들어진 합리화는 배웠던 지식과 점점 멀어지게 만들었다. 사회는 전공으로 먹고살기 힘들다는 이유로 전공의 불필요성을 이야기한다. 하지만 현대 사회에서 수요와 공급 논리를 벗어나는 경우도 많지 않다.

나는 서른이 넘은 어느 날, 9년 전 자기계발 강연장에서 적은 버킷리스트 종이를 발견하고 퇴사를 결심했다. 퇴사 후 긴 여행을 선택한 데는 '서른이 되기 전 할 일 10가지' 중 1번이 세계 일주였기 때문이다. 7번에는 '작가 되기'가 적혀 있었다. 왜 그렇게 적었는지 잘 기억나지 않는다. 그저 그만큼 열망에 차 있었다는 사실만 인지할 뿐이다.

그런 내가 작가라는 이상을 현실로 연결하지 않았던 데는 두 가지 이유가 있었다. 그중의 하나가 글쓰기와 관련된 전공이 아니라는 점이었다. 대학에서 기본을 배우지 않았으므로 글을 쓰면 안 된다는 논리로 나를 합리화시켰다. 당시에 이름만 들으면 아는 유명 작가들은 대부분 문예창작과를 나왔거나 필력과 연관 지을 수 있을 만한 학문을 공부했다. 기본이 되어 있지 않은 내가 힘들게 글을 써 봤자 어차피 부끄러운 글이 될 것이라 확신했다. 가끔 갈망했던 개체가 글이 아닌 외국어나 컴퓨터 등이었다면 어땠을까 생각한다. 아마도 어떻게 해서든 배웠을 것 같다. 이러한 것은 학(學)의 개념으로 받아들여서이다.

글은 다르게 인지했다. 시와 소설의 화려한 미사여구를 학문이자 예술로 받아들였고, 스스로 보이지 않는 벽을 만들어버렸다. 고등학생 때 예체능을 전공하는 친구들이 남달라 보였던 이유는 내가 쉽사리 하지 못하는 분야였기 때문이다. 수학처럼 내가 하기 싫어서 선택하지 않은 과목과는 결이 달랐다. 글쓰기를 예체능으로 선택한 친구는 없었다. 엄연히 따지면 글쓰기는 문과였다. 그런데 예전의 내게는 글쓰기가 학문의 벽에 예술의 벽이 더해져 내가 생각한 이상으로 두텁고 높았다. 이러한 벽이 내게만 해당하는 줄 알았다. 하지만 생각보다 많은 사람이 나와 비슷한 생각을 하고 있었고, 나와 같은 이유로 글을 멀리했다. 그래서인지 사람들은 글을 잘 쓰려면 관련 전공을 해야 하는지를 자주 묻는다.

그동안의 목차들은 내가 경험하고, 배우며, 느낀 부분을 글로 옮기는 과정이었기에 어느 정도의 확신을 두고 이야기했다. 그러나 이번 목차는 전공자가 아니기에 조심스럽다. 글을 준비하면서 주위에 있는 전공자들에게 다양한 조언을 구했다. 다른 목차보다 색이 희석되어 의미가 선명하지 않음을 부정하기란 어렵다. 그런데도 한 목차로 담은 이유는 내게 일련의 영향을 미쳤던 부분이자, 다른 사람에게도 어느 정도의 영향을 미치는 부분이기 때문이다.

결론을 내리자면 전공은 글을 잘 쓰는 하나의 방법이라고 생각한다. 전공자들에게 세부적으로 다양한 이야기를 들었는데, 대부분 글을 잘 쓸 수 있는 기반을 만들어준다는 것에는 큰 이견이 없었다. 쓰기는 말하기, 듣기, 읽기보다 행위에 더 많은 시간을 할애해야 한다는 이유로 귀찮음을 유발한다. 귀찮음에서 벗어나기 위해서는 글을 써 내려가야 하는 자신만의 온전한 이유가 필요하다. 일로서의 글쓰기는 귀찮음을 무릅써야 한다. 반면 취미로서의 글쓰기는 그러한 명분이 부족하다. 재미를 느끼지 못하거나, 특별한 가치를 발견하지 못하면 귀찮음을 쉽게 이기기 힘들다. 하지만 일과 취미의 경계와는 상관없이 자신이 써야 할 환경에 속하면 상황이 달라질 것이다.

　일반적으로 글을 이야기하는 전공은 문예창작과와 국어국문학과이다. 두 학과에 들어가려는 사람들은 나처럼 성적에 맞춰서 아무 전공이나 선택하자는 마음으로 결정하지 않는다. 대부분 글이 좋아서 글쓰기를 제대로 배우고 싶거나, 한글의 깊이를 탐구하고 싶거나, 글을 업으로 삼고 싶은 사람들이다. 누군가에게는 12년의 꿈이기도 하다. 즉 글쓰기의 맹렬한 귀찮음과는 몇 구역 떨어진 사람들이 함께하는 특수 집단에 속한다.

　글에 관해 오랫동안 사유하거나 인문학과 철학 등을 공부하는 사람이 아니라면 글이 무엇인지, 좋은 글이 무엇인지를 쉽게 떠올리기 힘들다. 긴 삶에서 이보다 중요한 의문은 넘치도록 많기에 애초에 그 의문이 왜 필요한지를 생각해볼 겨를이 없을지도 모른다. 만약 5년 전의 나에게 누군가 이런 의문을 던졌다면, 잠시 고민하는 척하다가 아무 말이나 내뱉고 말았을 것이다. 당시의 내게 글쓰기는 과거에 좋아했던 하나의 행위 그 이상 그 이하도 아니었다.

　누군가는 이전부터 이러한 의문을 품어왔을지도 모른다. 쉽게 해소되지 않는 갈증을 해결하려 머리를 맞대는 사람을 만나는 순간은 삶에서 행운에 가깝다. 취향의 차이가 아닌 그 이상의 목마름이다. 더 좋은 결과를 찾아내려 과정을 생략하기보다 오히려 과정에서 만들어지는 에너지가 결과 위에 사뿐히 얹힌다. 여러 사람이 모여 각자의 글을 두고 의견을 주고받는 합평의 긍정적인 영향은 이러한 과정에서 발생한다. 타인의 글에서 느낀 의문을 가감 없이 전달하고, 부족한 점을 발견하면 이를 개선하려 서로의 머리를 맞댄다. 타인의 시선에서 자신의 글을 조금 더 객관적으로 바라볼 수 있다. 자연스럽게 조금 더 잘 쓴 글, 조금 더 좋은 글로 이어진다. 논술학원에서 10년 넘게 수업하는 한 지인은 대학교 때 문예창작과 동기들과 함께하던 합평 시간이 자기 글쓰기 실력의 9할이라고 말했다. 그들은 각자 조금 더 나은 글을 쓰기 위한 순수한 열정으로 함께했다.

두 전공은 등단이라는 목표를 두고 한 발짝 더 나아가기도 한다. 등단은 신문사와 출판사를 포함하여 글을 주관하는 단체 이름으로 개최된 공모전에서 작품이 선정되어 '공식적인' 문학인으로 인정받는 절차를 말한다. 일간신문사에서 매년 1월 1일에 문예

당선자를 뽑는 신춘문예가 대표적인 등단의 예이다. 다른 학과 전공자들이 취업에 도움이 된다고 여겨 노력하는 일반적인 공모전과 같은 선상으로 볼 수 있지만 여러 의미에서 조금 더 광범위하면서 집약적이다. 쓰는 사람에게 등단은 기회이자 명예이며 글을 쓰는 목표이기도 하다. 자신의 글을 타인에게 인정받는 순수한 동기부여가 된다. 외부에서 상을 받지 않더라도 내적인 성취를 얻음으로써 자신이 걸어가려는 길에 큰 도움이 될 수 있다.

조금 더 현실적으로 말하면 굵은 동아줄이 되어 글쓰기로 먹고살 확률을 높여준다. 책을 출간하고, 여러 단체에서 기고를 요청받으며, 출판사나 신문사에 취직하기도 한다. 비록 예전에는 당연시되었던 관습들이 수면 위로 드러나는 시대가 되면서 등단의 한계가 종종 언급되기도 한다. 그러나 등단한 작가의 작품이 잘 쓴 글에 가까움을 부정하기란 어렵다고 생각한다. 등단에 관한 내용은 장강명 작가의 『당선, 합격, 계급』에서 확인할 수 있다.

어디에서나 양면이 존재하듯 전공에도 암(暗)은 존재한다. 『국경시장』의 저자 김성중 작가는 한 강연에서 글쓰기를 위해 문예창작과에 진학하는 게 답은 아니라는 말을 건넸다. 문예창작과에서 좋은 사람들을 만났지만, 자신의 습작은 오히려 문예창작과의 글쓰기를 버리는 방향을 우선으로 진행되었다고 했다. 창작의 작품에 학점을 매기는 상대평가는 올바르지 못하다는 소신을 밝히기도 했다. 혹자는 김성중 작가의 의견에 살을 더하여 문학적 엘리트주의에 치우쳐 이론적 가치에 함몰될 수 있다고 말한다. 글이 주는 방대한 가치를 고려하지 않은 채 자신의 지식만 옳은 양 내세우는 모습을 이야기하는 것이다. 알맹이가 빠진 기술은 잡기술에 불과하며, 넓은 세상의 일부분만 바라보는 편협한 시선이라고 비아냥거린다.

글쓰기 모임에서 타인의 글을 피드백하며 다양한 글을 만났는데, '이 사람은 전공자일 것 같다' 하는 글들은 신기하게도 대부분 그러했다. 이를 어떻게 해석하느냐에 따라 희비를 달리하겠지만 일정한 틀 안에서 움직인다는 사실 또한 부정하기 힘들 듯하다. 그러나 이 과정 또한 글의 가치를 찾아주는 하나의 길이라 생각한다. 깊은 성찰이 지닌 부정적인 측면에서 벗어나는 한계를 마주하지 않고서 더 나아갈 수 없는 것이 학문, 예술 그리고 진리가 아닐까.

앞서 글에 관심을 두어야 두 전공을 선택할 수 있다고 했다. 이를 명확히 하자면 다른 전공보다 조금 더 상대적인 관점일 뿐이다. 누군가는 나처럼 성적에 맞춰서 선택할 수 있으며, 누구보다 많은 관심을 가지고 전공을 선택했어도 성적 부진과 글쓰기 매너리즘에 빠져 복수전공에 더 많은 관심과 노력을 들일 수 있다. 어떠한 학문이든 마찬가지겠지만, 이들에게 글쓰기 전공이 가지는 긍정적인 부분이 적용되기란 쉽지 않다. 혹여 전공의 긍정적인 부분을 모두 자신의 것으로 흡수했음에도 현실에 부딪혀 글과 관련된 길과는 전혀 다른 길을 선택할 수 있다.

내 주변에는 10명 정도의 전공자가 있는데, 이중 글과 관련된 길을 걷는 사람은 절반이 채 안 된다. 글쓰기보다 재미있는 것을 찾아서이기도, 현실적으로 돈이 안 되어서이기도 하다. 누군가는 예술가의 삶이므로 견뎌내며 나아가야 한다고 말하지만, 그러한 사람도 자본과 예술의 가치 중 한 갈래를 선택해야 할 때 예술을 향해 당당하게 발걸음을 내딛기란 쉽지 않을 것이다.

2020년 봄, 나는 동아대학교 독서교육과 석사 과정을 시작했다. 한창 돈 벌기도 바쁜 30대 중반에 학문의 길에 뛰어드는 것이 쉬운 결정은 아니었다. 게다가 전공 이름을 처음 들어본 사람이 대부분일 정도로 특이한 전공이라는 점도 머뭇거림에 큰 비중을 차지했다. 그러나 목마른 자가 우물을 파듯, 글쓰기에 갈증을 느껴 1년의 고민 끝에 선택했다. 문예창작과처럼 직관적으로 글쓰기를 논하는 전공은 아니다. 단, 독서라는 큰 틀 안에서 쓰기는 필수 불결하다. 비록 코로나로 인해 정상적인 수업 진행이 어려워 글을 쓰며 갈구했던 지식을 아직 탐득하지 못했다. 그래도 2년이 흐른 후에 이 목차의 연장선에서 또 다른 글을 쓴다면, 내가 전하고자 하는 의도에 조금의 신뢰성을 더할 수 있지 않을까 생각한다.

## Q3.
## 특별한 경험이 많아야 하는가?

　사람들은 가끔 특별한 삶을 꿈꾼다. 영웅이 되어 악당을 물리치거나, 세계적인 부호가 되는 등 일상에서 쉽게 마주하지 못하는 삶을 말이다. 누군가는 꿈을 현실로 만들기 위해 노력하지만 대부분 꿈에서 그치고 만다. 노력이라 말하는 행위로도 쉽게 이루어지지 않음을 알기 때문이다. 이러한 특별한 삶은 글을 쓰면서 마주하는 벽이 되기도 한다.

　2019년 겨울, 부산시립중앙도서관에서 여행 글쓰기 강의가 있었다. 잘 다니던 회사를 그만두고 세계 일주를 다녀온 뒤 글 쓰는 삶을 이야기하는 자리였다. 여느 때와 같이 글 쓰는 이유와 쓰지 않는 이유에 관한 이야기를 나누던 중 한 참가자가 말했다.

"선생님, 저는 아주 평범하게 자랐어요. 특별한 사건이라 말할 게 거의 없어요. 해외여행을 가본 적도 없고요. 지금은 그냥 두 아이를 키우는 엄마예요. 그래서 글을 쓰지 못하겠어요. 특별하게 쓸 게 없어서요."

평범함과 특별함을 나누는 명확한 기준은 어디에도 명시되어 있지 않다. 평범한 가정에서 태어나, 평범한 학창시절을 보내고, 평범한 직장에서 사회생활을 하며, 평범한 가정을 꾸리는 삶을 누군가는 무척 평범하다고 말할지라도 스스로 특별하게 여긴다면 그 삶은 무엇보다 특별하다. 이와는 달리 스포트라이트를 받는 화려한 삶일지라도 당사자에게는 평범한 삶일 수도 있다. 보이지 않지만 선명하면서도 희미한 일정의 기준이 존재한다. 기준의 존재는 절대적이며, 경계는 상대적이다.

우리가 읽는 글과 책에는 특별한 삶이 담긴 것처럼 보인다. 보는 것만으로도 아프고 힘든데 극복해내려 하고, 상상만으로도 기쁘고 황홀한데 스스로 겸손해한다. 세상의 모든 짐을 지고, 모든 축복을 가져간다. 자신이 경험해본 적 없는 미지의 삶을 얼핏 들여다보았으나 평소에 사용하지 않는 단어들을 활용하여 문장과 문단을 완성한다. 차마 엄두도 나지 않는 특별한 경험의 연속이다. 한 친구는 내게 "나는 그냥 평범하게 살고 글이랑 책 안 쓸래. 글쓰려고 특별해질 필요는 없잖아"라고 말했다. 어쩌면 그는 현명한 선택을 했는지도 모른다.

나도 비슷한 이유로 글쓰기를 멀리했다. 글쓰기를 누군가의 특권으로 여겼다. 예전에는 글과 책의 경계를 받아들이지 못했으니 '책에 담긴 글'이라는 표현이 정확할 것 같다. 소설과 자기계발서로 국한된 편독이 큰 영향을 미쳤다고 생각한다. 소설은 문예창작과를 나와야만 쓸 수 있는 전문 영역이라 생각했다. 나 같이 평범한 사람은 절대 쓸 수 없다고 여겼다. 19살에 소설이라 부를 수 있는 것을 잠시 썼지만, 어린 시절 치기 어린 불장난에 가까웠다. 자기계발서는 성공한 사람의 일대기를 바탕으로 한 전문 조언집에 가깝다. 저자는 어린 시절 불우한 환경에서 자라 여러 고비를 마주한다. 실패하고 좌절하며 바닥에 닿기를 반복한 끝에 성공이라는 열매를 맺는다. 누군가에게는 눈물 없이 볼 수 없는 스토리이다.

나는 소설을 쓸 만큼의 필력이 없었고, 자기계발서를 쓸 만큼의 특별한 경험도 없었다. 작가를 꿈꾸지 못한 이유로 앞서 전공을 들었으나 특별한 경험이 없다는 이유가 더 큰 비중을 차지했다. 만약 산문집을 즐겼다면 글쓰기의 욕구를 조금 더 빨리 꺼냈을지도 모르겠다. 산문도 특별한 경험과 이를 뒷받침할 필력이 필요하지만.

지금 내가 글을 쓰게 된 계기는 누군가에게 특별한 경험일 수 있는 세계 일주 때문이다. 긴 여행을 핑계 삼아 글을 쓰기 시작해 일정 단계를 거치면서 씀의 재미를 발견했다. 글을 쓰면서 쓰는 이유가 명확해졌고, 몇 권의 책을 출간함으로써 쓰는 동기가 지속해서 충족되고 있다. 그러나 시작이 조금 특별했을 뿐 지금 내가 쓰는 글들은 누군가의 평범한 일상이 대부분이다. 누구나 경험하는 익숙하고 지루한 장면들을 하나의 글로 옮기는 작업을 한다. 다만 '사유'라는 과정을 필수로 여긴다. 사유 없는 글은 사실의 나열에 불과하다. 사유의 관점을 복잡하게 생각하면 끝이 없다. 하나의 사물을 바라보는 관점을 평소와는 조금 달리하고, 관점에서 이어지는 생각의 깊이를 조금 더하면 되는 것이다. 사유하는 경험 속에서 각자만의 깊이는 얼마든지 발견할 수 있다.

우리나라를 대표하는 시인 중 한 명인 안도현 시인은 음식을 먹을 때 그 음식이 나오는 과정을 떠올리며 사유한다고 한다. 안도현 시인의 대표작으로 불리는 〈스며드는 것〉은 간장게장을 담그는 과정을 유심히 바라보다 관점을 옮겨 생각의 깊이를 더한 것이다. 누구나 마주하는 일상에 사유를 더하여 좋은 글 한 편을 완성할 수 있다. 이러한 과정이 없었다면 작품의 마지막 부분이 탄생하기는 힘들었을 테다.

껍질이 먹먹해지기 전에

가만히 알들에게 말했으리라

저녁이야

불 끄고 잘 시간이야


사유가 쓰는 사람만의 전유물은 아니다. 이 글을 읽는 모두가 할 수 있다. 단, 쓰는 사람은 조금 더 깊은 사유를 경험할 뿐이다.

그토록 평범한 삶이라 말하는 그 순간들을 글에 녹여봤으면 한다. 기억을 더듬어 꾹꾹 눌러 담을수록 글과 삶의 가치가 더욱 빛날 것이 분명하다. 시간의 흐름에 잊힌 망각의 기억들을 하나씩 꺼내다 보면 길을 걷다 우연히 올려다본 하늘에 구름이 예뻤던 순간, 출근길 지옥철에 갇혔던 순간, 퇴근 후 상사 욕을 하며 맥주 한잔하던 순간, 가족과 오랜만에 외식하던 순간들을 마주하게 된다. 우리가 살면서 한 번쯤은 마주한 일상이다. 이처럼 평범한 순간들도 좋은 글이 될 수 있다고 믿는다. 사유의 과정에 글쓰기 기술이라 불리는 전문성이 첨가되면 더 좋은 글이 될 것이다.

그러한 점에서 이슬아 작가의 글을 좋아한다. 글만큼이나 쓰는 삶도 대단하다고 여긴다. 글에서 이슬아 작가의 삶을 만나다 보니 몇 번은 마주한 사람처럼 느껴진다. 이슬아 작가는 '일간 이슬아'라는 이름으로 매일 글을 써서 자신의 글을 원하는 사람에게 전달했다. 이를 바탕으로 한 책이 『일간 이슬아 수필집』이다. 책에는 이슬아 작가의 하루하루를 유려한 글솜씨로 옮겨 담아냈다. 하늘을 날거나, 막대한 돈을 버는 등의 특별함은 보이지 않는다. 그저 우리가 살아가는 평범한 나날의 연속이다. 이슬아 작가의 과거 그리고 조금은 남달라 보이는 몇몇 경험이 존재하지만, 우리가 일반적으로 생각하는 특별함은 아니다.

아마도 이슬아 작가의 글과 삶이 더욱 특별해 보이는 것은 그녀의 사유와 필력이 만들어낸 결과일 것이다. 누군가는 매일 쓰는 노력을 갖춘 그 자체를 특별함이라 표한다. 쉽지 않은 일임에는 분명하다. 이슬아 작가가 프로젝트를 시작한 이유는 학자금 대출을 갚기 위해서였다. 어떤 원대한 목표가 아닌 생존을 위한 선택이었다. 생존을 위해서라면 그 누구라도 대단하고 특별해 보이는 행위를 할 수 있다. 우리네 부모님을 비롯해 많은 사람이 특별한 삶을 사는 이유이다.

글을 쓸 때 경험이 많으면 많을수록 좋다고 생각한다. 과함이 못함보다 나을 때도 존재한다. 스스로 특별하지 않다고 여기는 경험이어도 괜찮다. 의도하지 않더라도 경험이란 드넓은 바다에서 특별함이 수면 위로 고개를 내밀어 글의 재료가 되고, 좋은 글을 향한 환경이 만들어진다. 그렇다고 글을 쓰기 위해 특별한 경험을 억지로 만들 필요는 없다. 그러기도 쉽지 않거니와 일정 강박에 빠져 쓰기 매너리즘을 느낄지도 모른다. 단, 일상에서 쉽게 접하지 못하는 경험을 마주할 때는 기회를 손에 쥐어야 한다. 쓰는 사람이라면, 좋은 글을 쓰고자 하는 사람이라면 그럴 필요가 있다. 강박에 빠져 쓰기 매너리즘을 느끼는 그 순간조차도 쓰는 사람에게는 절호의 기회일지도 모른다. 쓰려는 강박에 빠져본 사람이 얼마나 될까. 절대 평범하지 않은 순간이다. 어쩌면 쓰는 사람의 숙명인지도 모른다.

새로운 경험에 목이 마르다면 지금 머문 자리에서 일어나 떠나는 것을 추천한다. 목적지가 없어도 괜찮다. 여행은 두 글자만으로도 설렘을 불러일으킨다. 여행이 일상이 된 사람에게조차 해당하는 감정이다. 한 번의 여행은 한 사람이 살면서 겪는 경험의 압축과도 같다고 한다. 일상에서 벗어나 어디로든 발걸음을 내딛는 그 순간들이 새롭고 특별한 경험의 연속이다. 우리는 단지 떠나는 것뿐인데 일상에서 마주하지 못하는 새로움을 끌어안을 수 있다. 그리고 우리는 그 순간을 기록함으로써 하나의 글을 완성하게 된다.

여행을 하면서 특별한 무언가를 하지 않아도 되며, 일상에서 하는 평범한 행위여도 괜찮다. 내가 속한 그 순간이 경험과 글을 특별하게 만든다. 김영하 작가는 『여행의 이유』에서 어느 나라를 가든 식당에서 메뉴를 고를 때 특별한 고민을 하지 않는다고 한다. 운 좋게 맛있으면 맛있어서 좋고, 대실패를 하면 글로 쓸 수 있어서 좋기 때문이다. 나도 그러한 이유로 여행하는 지역의 맛집이 아닌 걷다가 아무 가게에나 들러 주인이 추천하거나 메뉴판 제일 상단에 있는 메뉴를 주문한다.

여행의 방식과 기간은 삶의 방식에 따라 달리하면 된다. 세계 일주를 떠나기 전에는 무조건 멀고 긴 여행만이 정답이라고 생각했다. 여름휴가 때 동남아시아로 떠나는 4박 5일은 언제나 아쉬움을 동반했다. 반면 여행이 싫어지면 그 순간이 일상이 되어 여행의 순수한 매력이 떨어졌다. 여행을 멀고 길게 떠난다고 해서 아쉬움이 없지는 않았다. 그러나 끝은 언제나 아쉬움을 불러왔다. 자신의 일상에 무료함을 떨쳐 내줄 정도의 시간과 거리면 괜찮다고 생각한다. 자신에게 맞는 반복과 일탈의 리듬을 발견하는 것이 중요하다. 지금은 1박 2일의 국내 여행만으로도 충분하다고 느껴진다.

여행을 하면서 특별한 감정을 느끼지 못해도 괜찮다. 여행 속에서 어떠한 답을 찾으려 노력할수록 오히려 미지의 답과 멀어질지도 모른다. 우리는 이미 여행하는 그 시간 속에서 수많은 생각을 하고 자신도 모르게 사유한다. 정신의학 박사인 문요한 작가는 『여행하는 인간』에서 여행하며 마주하는 12가지 사유를 적어놓았다. 문요한 작가의 여행이 특별해 보일지 모르나, 그저 여행에서 마주한 삶이다. 우리는 여행하면서 적어도 12가지의 글쓰기 재료를 발견할 수 있다.

지금과 같이 외부 환경의 영향으로 여행이 아닌 일상조차 원활하게 움직이지 못할 때는 이전 여행의 사진을 꺼내보거나 여행하는 동안 SNS에 올린 짧은 글을 보는 것도 괜찮다. 한 장의 사진과 짧은 한 문단의 글은 그 순간의 감정을 되살리는 힘을 가진다. 추억이라 말하는 순간은 글에서 특별함으로 회귀할 수 있다.

여행을 싫어할 수도, 각자의 사정으로 경험하지 못할 수도 있다. 그럴 때 우리는 조금 더 방대하면서도 효율적인 경험을 맞이할 수 있다. 경험이라 말하는 것을 손에 쥘 방법은 무수히 많다. 100년 전의 유럽을 만나고 싶다면 M 출판사의 고전을 읽으면 되고, 지금 현실에서 마주하지 못할 경험을 발견하려면 영화와 웹툰을 손에 쥐면 된다. 상상을 현실화하면서도 그 안에서 살아 숨쉬는 경험을 할 수 있다. 각각의 작품마다 작가와 감독이 그려내고자 하는 세상이 드러난다. 오랫동안 함축된 깊고 진한 농도의 경험을 텍스트와 이미지로 받아들이며 그들이 깨달은 삶의 가치를 내 세상으로 옮겨 사유를 확장할 수 있다. 다만, 창작과 복제의 경계선은 언제나 스스로 주의해야 한다.

경험이 풍부하다고 해서 좋은 글을 쓸 수 있다고 확언하기는 힘들다. 경험을 좋은 글로 이어지게 하려면 사유의 단계와 언어의 익힘이 필요하다. 자신의 전문 분야가 아닐수록 그 분야의 언어를 익혀야 하는 이유이다. 단순히 여행을 좋아한다고 해서 여행 에세이를 매력적으로 쓰기는 힘들다. 여행 감성에 맞는 언어를 스스로 찾아야 한다. 언어를 습득하는 최고의 방법은 역시 독서이다. 이러한 과정이 순차적으로 이루어진다면 우리는 경험으로 좋은 글을 끌어낼 수 있다. 그래서 나는 오늘도, 내일도 경험하려 한다.

## Q4.
## 얼마나 많은 책을 읽어야 하는가?

다른 목차와는 달리 일련의 결론을 내리고 글을 쓰려 한다. 글을 잘 쓰려면 책을 읽어야 하고, 좋은 글을 쓰려면 책을 읽어야 한다. 이러한 확신 어린 답을 내리는 데는 국가, 성별, 나이를 막론하고 우리가 글을 이야기할 때 언급하는 수많은 작가가 내놓은 공통적인 의견이기 때문이다.

글을 쓸 때는 다양한 어휘를 사용하면 좋다. 글의 내용이 풍성해지고, 더 나아가 그 사람만의 문체가 된다. 철학자 비트겐슈타인은 언어의 한계가 세계의 한계임을 표현했다. 자신의 세계가 글에 있다면 어휘의 폭이 좁을수록 글의 세계도 좁을 수밖에 없다. 일 반적으로 성인이 하루에 사용하는 단어의 수는 약 16,000개 정도라고 한다. 얼핏 많은 것처럼 느껴지지만 쓰는 단어를 반복해서 사용하기에 폭이 넓다고 보기는 어렵다. 즉 일정 이상의 노력이 없으면 사람마다 사용하는 어휘에 별반 차이가 없다.

독서를 하면 일상에서 사용하지 않는 다양한 어휘를 접할 수 있다. 영어 단어를 외우는 것처럼 의도적으로 단어를 외우지 않아도 된다. 우리 뇌는 해마라는 기관을 통해 스쳐 가는 정보를 단기 기억으로 저장한다. 글을 쓸 때 어딘가에서 본 듯한 어휘를 아무렇지 않게 사용하는 이유이다. 다양한 분야의 책을 읽을수록 어휘의 범위가 넓어지며, 글의 폭과 깊이에도 영향을 미친다.

책은 자신이 평소에 경험하지 못한 상황, 갈등, 문제 해결 등을 간접 경험할 수 있다. 글에서 만난 비슷한 상황이 자신의 삶에 반영되면 조금 더 나은 현실을 이어갈 수 있다. 이는 자연스럽게 사유로 이어져 글에 반영된다. 추사 김정희 선생의 집 기둥에는 '반일정좌 반일독서(半日靜坐 半日讀書)'라는 말이 씌어 있었다고 한다. 하루의 절반은 고요히 앉아 마음을 기르고, 나머지 절반은 책을 읽으며 옛 성현을 만난다는 뜻이다. 옛 선비들은 독서를 통해 세상을 만나고 자신의 안목을 길렀다. 우리는 독서를 통해 지식의 획득만이 아닌 지혜를 탐득할 수 있다.

이처럼 글쓰기에도 좋은 영향을 미치는 독서는 많이 하면 좋지만 사람들이 놀랄 만큼의 엄청난 다독은 아니어도 된다고 생각한다. 현대 사회에서 시간은 꽤 중요한 가치를 지니기 때문이다. 단, 쓰는 사람이라면 우리나라 평균 독서량 정도는 넘겨야 한다. 문화체육관광부에서 조사한 '2019 국민독서실태조사'에 따르면 초·중·고 학생 연평균 독서량(종이책+전자책)은 38.8권이며, 성인 연평균 독서량은 7.3권이라고 한다. 기준을 조금 높여 책을 읽는 사람이라 칭하는 '독서자'를 대상으로 한다면 성인 기준 11.8권이다. 즉 더 나은 글을 만나려면 적어도 1년에 12권은 읽어야 하는 셈이다. 그렇지 않고서는 독서가 글쓰기에 미치는 영향이 미비할 수밖에 없다. 책을 읽지 않아도 다양한 어휘와 책에서 품은 지식, 지혜를 자신의 품으로 담아올 수 있다. 하지만 효율성이나 효과성에서 12권의 책을 읽는 게 더 낫다.

주변에 다독가라 불리는 사람이 적지 않게 있다. 직접 연이 닿는 사람 중에는 하루에 한 권을 읽기도 하며, 직접 본 적은 없지만 5년에 1만 권을 읽었다는 사람도 있다. 하루에 약 7권을 읽어야 하는 불가능한 수치라고 생각하나 언제든 예외는 존재한다. 이처럼 다독하는 사람은 많지만, 누가 가장 많이 읽는지는 알 수 없다. 그나마 가장 많이 읽는 부류는 안다. 글을 쓰거나 책을 쓰는 사람이다. 이 부류에 속하는 사람 중에 내가 아는 한 12권 밑으로는 해당 사항이 없다. 단순하게 '글을 쓰니까 책을 많이 읽지 않겠어?' 라고 생각할지도 모른다. 그렇다면 왜 글을 쓰는 데 책을 많이 읽어야 할까? 답은 이미 서두에 담아두었다.

20대 중반 즈음에 1년에 150권 정도의 책을 읽은 적이 있다. 살면서 텍스트를 가장 많이 봤던 한 해이다. 한창 자기계발에 빠졌던 때라 손에 잡히는 대로 책을 읽었다. 90% 이상이 자기계발서였으나 책을 많이 읽는 것에 대해 스스로 뿌듯함을 느꼈다. 그때는 문장을 단순히 읽기만 했고 어휘, 문장, 문단은 그저 책의 구성요소로 다가올 뿐이었다. 책에서 삶에 적용할 좋은 문구를 발견하면 현실에 적용하느라 정신이 없었다. 그렇지 않고서 책을 읽어야 하는 나만의 이유를 찾지 못했다. 하루에 2시간가량 책을 읽지 않았음에도 시간 대비 많은 양을 읽은 비법이었다.

지금은 한 달에 5권 정도를 읽는다. 성인 평균으로 따지면 많은 양에 속한다. 내 주변에서 쓰는 사람을 범주로 두면 평균 정도에 머물 것 같다. 요즘에는 이전과는 다른 눈으로 책을 바라보려 한다. 단어 배치와 문장 및 문단 구조 등을 보며, 행간을 읽어 행과 행 사이에 숨겨진 저자의 의도를 발견하려 한다. 읽는 자의 눈에서 쓰는 자의 눈으로 바라보기 위해 노력한다. 그런 점에서 가끔 10년 전의 독서가 아쉽다는 생각이 든다. 그 시절 3년간 읽었던 책의 양이 400권 정도였다. 지금의 노력으로 그때의 반만 읽었어도 지금보다 조금은 더 괜찮은 글을 쓰지 않았을까 싶다.

보통 한 권의 책을 집필하기 위해 1년의 기한을 잡는다. 완성된 책에 담긴 1년에는 한 사람이 한 분야에 망라하는 지식이 담긴다. 저자의 학문적 지식과 경험만을 뜻하는 것이 아니라 쓰는 습관, 글을 마주하는 태도 등 다양한 관점에서이다. 우리가 좋은 글이라 말하는 책일수록 글에 담긴 저자의 삶이 또렷이 보인다. 몇 문장인지도 모르는 무수한 문장 중의 하나를 밖으로 드러내어 눈으로, 입으로, 마음으로 곱씹는다. 저자의 생각과 감정을 읽어내면 마음이 따뜻해지기도, 눈물을 흘리기도, 분노가 솟구치기도 한다. 잔에 물이 담기듯 자연스럽게 저자의 삶을 받아들인다. 한 문장을 빛내기 위해 그 문장의 앞과 뒤에는 수많은 암(暗)이 있다. 누군가에게는 드러난 문장이 많을수록, 누군가에게는 반대일수록 좋은 책이다. 나는 둘의 균형이 잘 잡힌 책이 좋은 책이자 글이라고 생각한다.

여기까지 글을 쓰기 위해 책을 읽어야 하는 이유에 대해 이야기했다. 여기에서 처음에 내린 일련의 결론에 형용사 하나를 더하고 싶다. 글을 잘 쓰려면 '잘 쓴' 책을 읽어야 하며, 좋은 글을 쓰려면 '좋은' 책을 읽어야 한다(편의상 '괜찮은 책'이라고 지칭하자). 책을 읽을 시간이 없다고 말하는 사람일수록 더욱 괜찮은 책을 찾아서 읽어야 한다. 1년에 최소 12권이라는 숫자는 변하지 않는다.

운동을 시작할 때는 '근육을 만들자'라거나 '살을 빼자'는 등 각자만의 목표가 있다. 그리고 일정 기간 내 목표를 달성하기 위해 열심히 운동한다. 유산소와 무산소 운동을 쉬지 않고 매일 하며, 기구의 무게는 무거울수록 좋다며 과한 무게까지 감당하려 한다. 운동 방법을 모른 채 이처럼 무리하게 운동해도 원하는 목표에 도달할 수 있다. 그러나 그전에 부상당할 확률이 월등히 높아진다. 독서도 마찬가지다. 책을 집필하는 대부분이 최고의 노력을 쏟으려 하지만 그렇지 않은 경우도 존재한다. 확인되지 않은 사실을 진실인 것처럼 호도하기도 하며, 일정 이상의 자기검열 없이 단순 나열에만 그치기도 한다. 무작정 손에 잡히는 대로 책을 읽어도 어휘와 지식이 늘어 글에 좋은 효과를 끼칠 수 있다. 하지만 우리는 한정된 시간에서 효율적이고 효과적인 선택을 해야 한다.

바쁜 현대인은 괜찮은 책만 읽기에도 시간이 부족하다. 성인 1인 평균 독서 시간이 31.8분인 만큼 하루에 온전히 책에 집중할 시간이 1시간도 채 안 된다. 최근에서야 성인 독서 부진의 가장 큰 이유가 '책 이외의 다른 콘텐츠'로 바뀌었을 뿐, 그전까지는 '시간이 없어서'가 부동의 1위였다. 독서의 장점을 발견하여 책을 읽을 마음의 준비가 되어 있다 하더라도 동시에 귀찮음이 발동한다. 20대에 책이 삶의 답이라 믿었던 나도 바쁘다는 이유로, 책에서 가져갈 것이 없다는 이유로 점점 책을 멀리했다. 서른이 되던 해 완독한 책은 『나쁜 사마리아인들』, 『미움받을 용기1』로 단 2권이었다.

괜찮은 책을 선택하기는 만만치 않다. 괜찮은 책이라는 것도 상대적인 표현이다. 글을 오랫동안 쓰고, 잘 쓴다고 하는 사람일수록 타인에게 책 추천하기를 꺼린다. 나의 만족이 타인의 만족으로 이어진다고 말할 수 없기 때문이다. 그럼에도 1년에 출간되는 8만여 권 중의 12권 정도는 괜찮은 책을 찾아야 한다. 쉽지는 않겠지만 아이러니하게도 절대성이 아니므로 불가능하지도 않다. 몇 가지 방법을 추천하자면 다독가의 이야기를 귀담아들으면 좋고, 독서모임에서 추천하는 책도 괜찮다. 독서모임은 베스트셀러뿐만 아니라 숨겨진 맛집 같은 도서를 발견하기도 한다. SNS를 즐기는 사람이라면 SNS에 올린 글의 향이 마음에 든다고 여기는 사람이 추천하는 책을 접해도 좋다. 대중에게 글을 잘 쓴다고 알려진 작가가 추천하거나, 자신이 좋아하는 작가가 추천하는 책도 괜찮을 확률이 높다.

이러한 과정을 통해 8만여 권에서 몇백 권으로 교집합을 추릴 수 있다. 그중에 괜찮은 책을 발견하면 좋고 아니어도 괜찮다. 시간이라는 가치가 흘러가는 것은 변함없으나 그 과정에서 자신의 독서 취향을 발견할 수 있다. 책을 읽거나, 쓰는 사람은 살면서 독서 취향을 찾는 것을 독서와 글쓰기에서 매우 중요한 과정으로 여긴다. 독서를 1년만 할 게 아니라면 꼭 필요한 순간이다.

글을 이야기하는 책에서 책 추천을 안 하기에는 2%가 모자란 느낌이기에 몇 권의 도서를 추천하고자 한다. 글쓰기를 검색하면 가장 많이 나오는 3명의 작가가 추천한 책은 『자유론』, 『코스모스』, 『토지』, 『내 어머니 이야기』, 『태백산맥』, 『인 콜드 블러드』, 『유혹하는 글쓰기』, 『뼛속까지 내려가서 써라』 등이다. 좋은 책을 많이 소개하는 책은 박웅현 작가의 『책은 도끼다』, 이국환 작가의 『오전을 사는 이에게 오후도 미래다』이다. 서울대 권장도서 100권을 검색하는 것도 추천한다.

언급한 이들의 독서량과 글을 바라보는 혜안에 차이가 있겠지만 나는 황현산 작가, 박완서 작가, 김애란 작가의 책을 추천한다. 황현산 작가는 문장을 곱씹으면서, 박완서 작가는 어휘의 매력과 운율을 느끼면서, 김애란 작가는 문단을 이미지화하면서 읽으면 더 큰 매력을 발견할 수 있으리라 생각한다. 좋아하는 외국 작가는 많지만 번역을 이유로 잘 추천하지 않는다. 유명한 책일수록 번역가가 많아서 외서를 읽지 않는 이상 작가의 글을 온전히 받아들이기 힘들다는 한계점을 파악하고부터다. 한계를 뛰어넘으려 그

나라의 언어를 공부하고 싶은 마음만 몇 년째 품고 있다.

괜찮은 책을 발견했다면 글로 연결해야 한다. 한 가지 방법은 낭독이다. 소리 내어 읽어가며 글의 운율을 느낀다. 시적 운율이 아닌 문장 간의 연결고리이다. 고가 후미타케의 『작가의 문장수업』에서 좋은 글의 조건이라 이야기한 '리듬'과 비슷하다. 좋은 글은 문장을 읽었을 때 호흡의 불편함이 덜하다. 작가가 의도적으로 호흡을 부자연스럽게 만드는 지점이 존재하나 일부에 불과하다. 호흡이 가빠질 듯하면 쉼표가 등장하며, 문장의 길이가 적절하게 배치되어 뇌가 피로를 덜 느끼게 한다. 반면에 50m 달리기를 하는 것처럼 전속력으로 달리거나 목표 지점 없이 무작정 달리기만 하는 글은 뇌를 피곤하게 만든다.

중세시대까지 독서법의 표준이었던 낭독이 지금의 묵독으로 대체된 데에는 인쇄 복제 기술의 발달과 더불어 시간의 가치가 달라졌기 때문이다. 낭독은 독서법 중에 가장 많은 시간을 할애해야 한다. 한 예로 『푸른 사자 와니니』의 한 페이지를 다양한 방법으로 읽어보았다. 이 책은 청소년 학습 도서로 단어와 문장 구성이 쉽다. 책의 42페이지는 350자인데, 성인 기준으로 묵독하면 25초,

한 글자씩 또박또박 묵독하면 35초, 묵독하듯 낭독하면 50초, 한 글자씩 또박또박 낭독하면 1분 5초가 걸린다. 다섯 번 반복했을 때 편차는 5초 이내였다. 200페이지 정도의 책을 완독했을 때 낭독과 묵독의 최대 차이가 2시간 정도이고, 단순 수치화로 했을 때 연간 12권의 책을 읽는 사람은 4.6권밖에 읽지 못한다.

이 책보다 어려운 단어가 가득한 대부분의 책은 더 많은 시간을 할애해야 한다. 그럼에도 괜찮은 책을 만났다면 낭독을 권한다. 글의 흐름을 받아들여 자신의 글에 반영할 수 있다. 글쓰기 모임에서 낭독을 권하는 이유는 자신의 삶을 타인에게 공표하여 현 상황을 직면하는 것과 더불어, 자신의 글을 객관적으로 판단할 수 있어서이다.

낭독보다 조금 더 효과적인 방법이 필사이다. 『태백산맥』의 저자인 조정래 작가는 필사를 두고 글을 잘 쓰기 위해 꼭 필요한 연습이며, 정독 중의 정독이라고 말했다. 『모비딕』의 저자인 허먼 멜빌이 셰익스피어의 『오셀로』를 250번이나 필사한 것도 마찬가지 이유이다. 필사는 타인의 글을 그대로 옮겨 쓰는 행동이다 보니 그저 베껴 쓰기에 불과할 수 있다. 학창시절 소위 '빽빽이' 추억이 있다면 시작부터 거부감을 느낄지 모른다. 게다가 낭독보다 더 많은 시간을 할애해야 한다. 누군가에게는 시간을 허비하는 행위에 불과할 수 있다.

필사는 수학 문제를 푸는 과정과 비슷하다고 생각한다. 수학에서 창의적인 문제를 풀 때는 순간의 번뜩이는 창의성으로 문제를 풀 수 없다. 수학은 언제나 기본 공식이 존재한다. 필사는 글의 기본 공식을 익히는 과정이다. 타인의 좋은 글을 베껴 쓰면 단어나 문장이 머릿속에 각인될 뿐만 아니라 저자와의 교감을 통해 모방함으로써 창조의 초입에 들어설 수 있다. 흔히 필사의 중요성을 두고 천필만독(千筆萬讀)이라고 표현한다. 천 번을 쓰고 만 번을 읽으면 자연스럽게 이치를 깨닫는다는 말이다.

속는 셈 치고 좋은 책의 문장을 1,000번 필사해 봐도 괜찮을 것이다. 어쩌면 좋은 글을 향한 지름길일지도 모른다. 분명 필사는 낭독보다 더 귀찮은 활동이다. 나도 그러한 이유로 아직 습관이 들었다고 말하기 힘들다. 그러나 글을 쓰다가 뭔가 막힌다고 느낄 때 좋아하는 책의 일부를 필사한다. 최근에는 이국환 작가의 『오전을 사는 이에게 오후도 미래다』를 필사했다. 저자의 글을 따라 쓰면서 그 순간, 필자의 호흡을 내 것으로 받아들이려 노력한다.

　독서에서 받아들인 가치가 글쓰기로 쉽게 옮겨지지는 않을 것이다. 읽기와 쓰기는 엄연히 다르기 때문이다. 그러나 좋은 글을 만나 반복된 학습과 경험으로 익히는 과정이 언젠가 빛을 발하는 날이 있으리라 믿는다. 보리가 익어가듯 자연스럽게 읽기와 쓰기를 연결할 수 있다.

## Q5.
## 책을 써야 하는 이유가 있는가?

글쓰기 모임을 진행할 때마다 회차별로 다양한 주제를 두는데, 첫 모임은 대부분 글을 쓰는 이유를 이야기한다. 쓰는 이유가 선명하지 않으면 글쓰기에 재미를 느끼기 힘들뿐더러 쓰기 매너리즘에 빠질 확률이 높다고 생각해서이다.

2020년 여름, 배산평생학습관에서 진행한 글쓰기 모임의 첫날도 한 사람씩 돌아가며 각자만의 쓰는 이유를 이야기했다. 60대 전후로 보이는 참가자의 차례가 되었다. 잠시 머뭇거리더니 책을 한 권 쓰고 싶다고 했다. 나는 그러한 이유를 되물었고, 그분은 자신의 삶을 한 권의 기록으로 남기고 싶다고 말했다. 그분은 방법을 찾다가 서울에서 진행하는 8주 책 쓰기 강의를 발견했는데, 만약에 이 자리에 오지 않았다면 그 강의를 신청했을지도 모른다고 했다. 강의 비용은 1,000만 원이었다. 그분은 왜 1,000만 원이라는 큰돈과 8주 동안 서울을 왕복하는 시간을 들여가며 한 권의 책을 손에 쥐고자 했을까? 자본주의 사회에서 화폐와 시간은 재화의 가치를 증명하는 기준이다. 그분에게 자기 이름으로 된 책 한 권은 그 정도의 고민을 할 만큼의 가치를 지녔을 것이다.

이미 다른 강연과 모임에서 비슷한 이야기를 수없이 들었다. 책을 어떻게 써야 하는지, 출간하려면 얼마가 필요한지, 제목과 목차는 어떻게 완성해야 하는지, 원고지에 써서 우편으로 보내야 하는지, 인세는 몇 %인지 등 더욱 직관적인 물음이었다. 그래서인지 어느 순간부터 글을 이야기하는 자리가 있으면 책 출간에 도움이되는 내용을 같이 준비한다. 참가자들은 바쁜 시간을 쪼개어 힘들게 번 돈을 지급했다. 그러한 노력이 혼자만 볼 일기에 적을 글을 풍성하게 하거나, SNS에 올릴 몇 줄의 짧은 글이 유려해지길 바라는 마음은 아니라고 생각한다. 자신의 글이 더 나은 글로, 더 나아가 한 권의 책으로 이어지길 바라는 마음이 클 것이다.

저자에 자신의 이름이 적힌 책 한 권을 손에 쥔다는 것은 상상만으로도 설렌다. 이제는 상상을 현실로 만들 수 있는 시대가 되었다. 문단에 등단하지 않아도, 성공하지 않아도, 글을 써 본 적이 없어도 '마음먹으면' 자기 이름으로 된 책을 손에 쥘 수 있다. 앞서 이야기했듯 누구나 작가가 될 수 있는 시대이다. 그런데도 한 권의 책은 와인을 숙성시키듯 많은 사람의 상상에 묵묵히 남아있다.

평소 글을 안 쓰는 사람이 책을 쓰지 못하는 데에는 막연한 두려움이 큰 영향을 미친다. 글을 쓰는 행위만으로도 수많은 장애물이 있는데, 글보다 더 거대한 장애물이 눈앞에 있다. 책이란 결과물의 문을 열어볼 엄두도 못 낸 채 마주한 벽을 보고 스스로 물러나 버린다. 글을 쓰는 사람이 책을 쓰지 않는 데에도 막막함이 일정 부분을 차지할 것이다. 책을 쓰는 데 필요한 노력의 에너지를 알기 때문이다. 무엇을 하는 데 있어서 모르는 것보다 얼핏 알 때가 발목을 더 옥죄기도 한다. 글을 쓴다고 해서 책을 꼭 써야 할 이유는 없다. 책은 글쓰기의 결과물일 뿐, 글쓰기의 종착점은 아니다.

그럼에도 글을 잘 쓰고 싶다면 책을 썼으면 한다. 최근 들어 책의 가치가 브랜딩으로 두드러지는 게 사실이다. 책을 자신의 전문성을 증명하고 자신의 가치를 증대시켜 줄 수단으로 삼게 되었다. 이러한 부분에 갈증을 느낀다면 책 쓰기는 좋은 방법임이 분명하다. 그런데 내가 말하려는 책의 가치는 글쓰기 측면에서다. 책이라는 결과물이 아닌 책을 쓰려는 과정에서 우리는 더 나은 글을 향해 나아갈 수 있다.

사람은 욕심을 가진 존재다. 글을 쓰는 사람이 글을 잘 쓰고 싶고, 좋은 글을 쓰고 싶은 욕심은 문자의 가치를 이해하고 받아들이는 인간으로서 자연스러운 일이다. 글을 쓰든, 쓰지 않든 책을 접해본 사람이 책을 쓰고 싶은 욕심을 가지는 것도 마찬가지다. 책을 쓰는 근원적인 이유는 크게 자기만족과 타인에게 인정받기 위함으로 나뉜다. 전자의 비중이 더 크다고 여길지 모르나, 책에서만큼은 후자의 비중이 더 크다고 생각한다. 그리고 글을 잘 쓰려면 후자가 더 커야 한다.

책은 엄연히 글과 다르다. 긴 글은 책이 아닌 긴 글일 뿐이다.

자신의 글에 자기만족이 넘쳐흘러도 괜찮다. 감정의 배설을 위한 수단으로 여겨도 아무런 문제가 되지 않는다. 그러기 위해서 우리는 글을 쓴다. 글은 우리의 부족한 모든 것을 포용할 준비가 되어 있다. 책을 쓴다는 것은 자신의 삶을 글로써 세상에 드러내겠다는 의지를 선포하는 일이다. 타인에게 자신의 행복, 아픔, 치부, 지식, 글솜씨를 드러내 보이겠다는 의미이다. 자신의 삶을 기록하기 위해 소장용으로 단 한 권밖에 없는 책을 만들 수도 있다. 그러나 책의 '형태'일 뿐이다. 책이란 대형서점, 인터넷서점, 독립서점, 직접 판매 등 일정의 유통 단계를 거쳐 타인의 손에 쥐어지는 개체이며 나와 타인을 잇는 매개체이다. 설사 순수한 자기만족을 위해 한 권의 책을 쓴다고 해도 최소 부수를 만들게 된다. 내 가족, 사랑하는 사람들에게 전달하기 위해서이다.

삶의 주체성을 이야기할 때 흔히 타인의 시선에 신경 쓰지 말자고 한다. 그러나 인간은 태생부터 타인을 신경 쓰지 않고서는 살아갈 수 없는 존재이다. 타인에게 인정받지 못한다는 것은 스트레스를 유발하고 자존감을 떨어뜨린다. 그러한 연유로 책을 쓰려는 마음을 단두대처럼 잘라버리는 사람을 부지기수로 보았다. 하지만 책을 통해 자신의 삶과 글솜씨를 인정받을 수 있다는 점은 참으로 매력적이다. 이 과정에서 우리는 더 나은 글을 향해 한 발짝 내디딜 수 있다고 생각한다. 단, 이 모든 과정에는 한 가지 통과 의례가 필요하다.

글을 쓰다 보면 '모든 초고는 걸레다(모든 글의 초고는 끔찍하다)'라는 문장을 만나게 된다. 『노인과 바다』의 저자인 어니스트 헤밍웨이의 말이다. 초고란 하나의 주제를 두고 첫 글자부터 마지막 문장부호까지 특별한 수정 없이 써 내려간 원고를 말한다. 헤밍웨이는 어떤 글이든 초고에서 멈추지 않는다는 점을 전함과 동시에 걸레가 깨끗해질 때까지 고치고 수정하는 과정이 필요하다고 말한다. 이를 퇴고라 부른다.

퇴고는 글을 '최대한' 객관화하는 과정이다. 주체의 시선을 잠시 내려놓고 객체의 시선으로 자신의 글을 바라봐야 한다. 나무를 한 그루씩 심어가며 초고를 썼다면 숲을 바라본다는 마음으로 퇴고해야 한다. 퇴고하며 불필요함을 덜어냄으로써 필요함이 두드러진다. 초고에 쓰인 단어, 문장, 문단, 부호까지 모든 걸 다시 고쳐 쓴다. 어려운 문장을 쉽게 만들고, 모호함을 명확하게 만들어야 한다. 흐지부지하고 모호한 문장은 읽는 사람의 뇌를 피곤하게 만든다. 문장의 호흡이 길다고 느껴지면 문장을 나누거나 일정 부분을 빼야 한다. 정성스레 쓴 글인 만큼 버리기 아까울지라도 글의 흐름에서 벗어나면 과감히 덜어내야 한다. 이와는 반대로 호흡이 짧다면 더해야 한다. 주장하는 내용의 근거를 풍족하게 함으로써 글의 신뢰도를 높일 수 있다.

퇴고는 쓰는 사람의 권리이자, 더 나은 글을 쓰기 위한 의무이다. 퇴고는 모든 글에 해당하지만 책에서 더욱 두드러진다. 책의 분량만큼 퇴고하면 조금 더 나은 글을 마주할 수 있다. 퇴고하지 않은 초고가 더 잘 쓴 글일 때도 있지만 그 어떠한 확률보다 낮다. 책은 타인에게 자신을 드러내는 작업이라고 말했다. 타인에게 조금 더 나은 글을 보여주기 위해 쓰는 사람은 퇴고에 매진해야 한다.

좋아하는 작가의 신간을 설레는 마음으로 손에 쥐어 본 적이 있을 것이다. 두근거리는 마음으로 책을 펼쳤는데, 첫 장부터 오타가 보이고 문맥과 어울리지 않는 비문이 많이 드러나면 자연스럽게 실망이란 감정으로 연결된다. 유명 작가일수록 퇴고에 온 힘을 다하는 이유이다. 혹자는 독자를 의식하는 사람만이 하는 행위라고 생각할지도 모른다. 나는 책을 출간하려는 마음을 가진 사람이라면 누구나 마찬가지라고 생각한다.

퇴고는 많이 하면 할수록 좋다. 주체를 객체화하는 작업은 힘든 일이다. 자신이 가진 지식의 범주 내에서 퇴고가 이루어질 수밖에 없으나 한 번이라도 더 고침으로써 조금 더 잘 쓴 글, 좋은 글로 나아갈 수 있다. 퇴고의 필요성을 강조한 헤밍웨이가 『무기여 잘 있거라』를 39번 퇴고했다는 사실은 유명한 일화이다. 숫자를 어떻게 받아들이느냐에 따라 달라지겠으나 퇴고에서 39라는 수는 정말 엄청난 수치이다. 나는 첫 책을 6번 퇴고하는 데 6개월이 걸렸다. 이런 내게 39번은 기간으로서도 대단하지만, 퇴고하면서 겪었을 창작의 고통이 어느 정도인지 가늠조차 되지 않기에 경이롭기까지 하다. 헤밍웨이는 과거의 자신보다 더 나은 글을 쓰기 위해, 독자에게 더 좋은 글을 전하기 위해 그 오랜 시간을 인내하며 견뎌냈을 것이다.

시작이 있으면 끝도 있는 법이다. 초고를 썼으면 어떻게든 퇴고를 마쳐야 한다. 보통 퇴고는 하다가 지쳐서 포기하거나, 정해진 마감기한이 있거나, 스스로 만족할 때 끝이 난다. 누군가 말하기를 신이 내린 필력이 아니라면 스스로 만족하여 펜을 놓기란 쉽지 않다고 했다. 애석하게도 나는 그러한 능력을 갖추지 않았기에 마감 기한에 허덕이거나, '이 정도면 되지 않을까?' 하는 자기합리화로 글의 마침표를 찍는다.

그런 의미에서 나는 혼자서 독립출판을 하는 사람을 대단하게 여긴다. 독립출판일 뿐 세상에 자신을 드러낸다는 것은 다를 바 없다. 출판사에서는 전문 편집자가 글을 객관화하는 작업을 추가로 진행하지만, 독립출판은 이 모든 걸 스스로 감내해야 한다. 자신을 최대한 객관화하기란 그 무엇보다 어렵다. 그럼에도 타인에게 자신의 이야기를 전하기 위해 그들은 고통을 인내한다. 왕관을 쓰려는 자, 그 무게를 버티는 것인지도 모른다.

서두의 글로 돌아가서 60대 참가자는 자신의 이야기를 마무리하며 1,000만 원짜리 책 쓰기 강의를 신청해도 되는지 내게 물었다. 어떠한 답을 갈구하는 눈빛이었다. 다른 참가자들도 귀를 조금 더 쫑긋 세우는 듯했다. 나는 잠시 생각하다가 웃으며 "아니요"라고 답했다. 책은 인간의 욕망을 드러낸 대중매체이다. 그 달콤한

유혹을 나와 같은 평범한 사람이 견뎌내기란 정말 쉽지 않다. 그만큼 매력적인 존재임을 부정할 수 없다. 1,000만 원을 들여 한 권의 책을 손에 쥔다는 가정 아래 그 책을 바탕으로 그분은 글쓰기의 재미를 느끼고, 좋은 글을 쓰기 위한 발판으로 삼을 수 있다. 출간된 책이 베스트셀러가 되어 유명 작가가 될지도 모른다. 하지만 그렇지 못할 확률이 높아 보였다. 책은 삶의 기록을 남기기 위해, 글을 잘 쓰기 위해 필요한 수단임이 분명하다. 그러나 개인 브랜딩을 위해서 꼭 해야 할 작업이 아니라면 큰 비용을 들일 필요는 없다고 생각한다. 책이 건네는 맹목적인 욕망에 취하지 않았으면 하는 바람으로 건넨 답이었다.

그분은 장마와 폭염을 뚫고 수업에 계속 참여했다. 시간이란 한계상 글이 더 나아졌다고 확언하기는 힘들지만, 글을 써야 할 이유가 조금은 선명해진 듯 보였다. 고슴도치가 제 새끼 예뻐하듯 강사로서 가지는 흔한 착각일 수도 있다. 그러나 그분이 글을 쓸 때 보인 잠깐의 미소에서 나는 조금의 확신을 보았다.

## Q6.
## 얼마나 꾸준히 써야 하는가?


일상이 아무리 바빠도 작가와 독자가 만나는 자리가 있으면 시간을 만들어서라도 발을 내딛으려 노력하는 편이다. 대부분 나보다 오랫동안 글을 쓴 분들이기에 여러모로 배울 게 많고, 그곳에서 발생하는 긍정적인 에너지가 글을 쓰는 데 많은 도움이 된다. 쓰는 사람과 읽는 사람이 모이는 자리인 만큼 글쓰기와 관련된 이야기가 주를 이루고, 작가들은 각자만의 글쓰기 노하우를 이야기한다. 그들의 이야기에서 세 가지 교집합을 찾을 수 있었다. '독서', '퇴고' 그리고 이번 목차의 중심이 될 '노력'이다.

삶에서 한 가지 목표를 달성하는 데 필요한 3요소를 흔히 재능, 운, 노력이라고 말한다. 그중 사람의 의지로 달라질 수 있는 게 노력이며, 많은 사람이 노력의 중요성을 끊임없이 이야기하는 까닭이다. 재능과 운을 타고났다고 해도 노력하지 않는 사람은 거의 없다. 그런 점에서 우리는 노력의 의미가 단순히 하고자 하는 마음과 행동이 아닌 노력 그 이상임을 안다. 노력의 위대함을 진리로 여기지 않는 사람도 있다. 피땀 흘리며 노력해도 안 되는 것이 많은 것 또한 엄연한 현실이다. 그럼에도 노력하는 이유는 재능 있고 운이 좋은 사람만 목표를 이루고 살기에는 세상이 너무 불공평하다고 생각해서일지도 모른다.

철저하게 주관적인 관점으로 바라봤을 때 나는 글쓰기에 재능이 없다. 19살에 재능이라 느꼈던 잠깐의 흥분은 순진한 착각이었다. 내가 떡잎부터 남달랐다면 이미 부모님은 어떠한 조치를 취하셨을 텐데, 내 흐릿한 기억으로는 글씨체 때문에 혼난 기억 말고는 글쓰기와 관련된 칭찬을 받은 적이 없다. 첫 시집이 출간된 후 어머니는 내게 "나는 평생 시 쓰고 그림 그리며 살 줄 알았는데, 내가 못한 걸 네가 하는 걸 보니 피는 피인가 보다"라고 말씀하신 적이 있다. 부모가 자식에게 건네는 응원 어린 말이었으나 '어머니의 피를 이어받은 재능이 있지는 않을까?' 하는 또 한번의 흥분이 있었다. 그러나 그 또한 어릴 적 느꼈던 착각에 가까운 신기루였음을 확인하는 데까지 오랜 시간이 걸리지 않았다. 부족한 필력임에도 글로 먹고살 수 있는 데에는 일정의 운이 반영되었다고 생각한다. 그렇다고 남과 다른 특별함이라 여기지는 않는다. 학창시절 독후감 대회에 몇 번의 글을 제출했지만 상을 받은 기억이 없다. 필력의 문제였음을 그 누구보다 잘 안다. 그래도 운이 좋았다면 한 번쯤은 받을 수 있었을 것이다.

오랜 시간 글을 써 온 사람들은 글은 엉덩이로 쓰는 거라고 자주 말한다. 글 쓰는 시간과 노력의 중요성을 강조한 표현이며, 오랫동안 노력한 고뇌의 시간을 집약한 문장이다. 나는 글을 쓰며 이 말을 신앙처럼 믿으려 했다. 글을 쓰기 시작했던 해에 하루에 20시간씩 글을 쓴 이유였다. 매일은 아니었으나 일주일에 3~4일은 되었다. 북토크 자리에서 독자들을 만나 이와 같은 이야기를 하면 놀란 눈으로 어떻게 그럴 수 있느냐고 묻는다. 일로서는 가능하다고 해도 '귀찮고 지겹고 시간이 많이 필요한' 글쓰기를 어떻게 그리 오랫동안 하느냐는 눈초리였다. 그럴 때마다 "내가 할 수 있는 전부였다"고 이야기한다. 30대가 넘어서 시작한 새로운 밥벌이를 위해 일정 이상의 노력이 없다면 생존하기 힘들다는 것쯤은 이미 알고도 남을 나이였다. 글쓰기에 재능과 운이 없는 내가 할 수 있는 노력 이상의 노력이었다.

1분도 쉬지 않고 20시간씩 글을 쓸 리는 없다. 1시간 쓰고 10분 정도 쉬는 것을 원칙으로 삼았으나, 10분 쓰고 1시간씩 쉬기도 했다. 글감은 도깨비방망이처럼 뚝딱 나오지 않는다. 생각은 쉬지 않고 떠올랐으나 생각을 다듬어야 했다. 머릿속에 뒤죽박죽으로 섞인 크기와 모양이 다른 각각의 조각들을 테트리스 하듯 알맞은 위치에 놓아야 했다. 많은 시간과 노력을 들인 만큼 하루의 목표치를 달성하면 스스로 뿌듯했다. 뿌듯함이 글의 완성도를 말하지는 않지만 글을 계속 쓰게 할 동기는 되었다. 가끔 많은 시간을 들이고도 한 줄의 글도 남지 않은 날에는 필력에 자괴감을 느끼기도 했다. 글과는 연이 아닌가 하는 생각마저 들었다.

하루에 오랜 시간을 들여 글쓰기를 하는 것은 좋은 행동이라고 생각한다. 특히 나처럼 뒤늦게 글쓰기를 시작해서 일정 기간 내에 원하는 목표치에 닿으려 한다면 이렇게라도 해야 하지 않을까 싶다. 글쓰기를 밥벌이로 선택한 사람에게는 절대적인 시간이 흘러간다. 흐르는 시간을 아무런 방어막 없이 견뎌내기란 고된 일이다. 그런데 지금은 원고 마감기한이 임박한 것이 아니라면 20시간씩 시간을 쏟지 않는다. 노력의 온전한 뜻을 받아들였기 때문이다.

글을 쓰기 시작한 지 6개월쯤 되었을 때 생애 처음으로 글쓰기 수업에 참여했다. 한 권의 시집이 출간되었으나 글쓰기에 막막함을 느낀 때였다. 수업을 진행한 박정웅 선생님은 "10분 동안 쉬지 않고 글을 써보세요. 이런 과정을 꾸준히 하면 글쓰기 근육이 생깁니다. 글쓰기 근육이 있어야 좋은 글을 쓸 힘이 생깁니다"라고 했다. 몸의 근육을 만들고자 할 때 하루에 10시간씩 운동하지 않는다. 전문 운동선수가 아니고서야 그만큼 하기도 어려울뿐더러 근육을 만들기 전에 다칠 확률이 높다. 근육을 만들려면 음식을 조절하고 하루에 1시간이라도 꾸준히 하는 게 중요하다. 글쓰기도 마찬가지다. 좋은 글을 쓸 근육을 만들기 위해서는 하루에 1시간이라도 꾸준히 쓰는 노력이 필요하다.

『칼의 노래』를 집필한 김훈 작가의 방 벽에는 '필일오(必日五)'

라고 적힌 한 장의 종이가 붙어 있다고 한다. 하루에 5장의 원고지는 반드시 쓰자는 의미란다. 우리나라를 대표하는 한 작가의 좌우명이며, 쓰는 사람의 의지이다. 이러한 과정이 오랜 시간을 거쳐 어떤 글을 쓰든 원고지 20,000자에서 끝이 날 정도의 습관이 되었다. 우리가 좋은 글이라고 말하는 결과를 만드는 데 크게 일조했음이 분명하다.

김훈 작가처럼 방 벽에 종이를 붙인 것까지는 아니지만 나도 매일 쓰고자 하는 생각으로 '8시간은 쓰자'라는 문구를 마음속에 새겨놓았다. 꽤 긴 시간처럼 느껴지나 직장인 근무시간과 다를 바 없다. 강의가 있거나 이런저런 일로 바쁜 날에는 8시간씩 글을 쓰기란 녹록지 않다. 그래도 1시간씩은 쓰려 하는데, 이마저도 여건이 안 되는 날이면 SNS에 한 줄을 적더라도 8시간의 노력을 기울인다. 지난 2년 동안 몸이 아파서 손가락 하나 움직이기 쉽지 않은 날을 제외하고 쓰는 행위를 멈췄던 날은 손가락으로 셀 수 있을 만큼 적다.

이러한 노력이라도 없었다면 글쓰기에 재능이 없던 내가 3권의 책을 내고, 글로 먹고살기란 불가능에 가까웠을 것이다. 이 글을 써 내려가는 지금도 여러모로 깊숙한 부족함을 느끼며 조금 더 유려하면서도 명확한 글을 쓰고 싶은 마음이 굴뚝같다. 그러나 지금은 내 그릇의 크기를 아는 것만으로도 감사하게 여긴다. 3년 전에 쓴 첫 글의 정도를 아는 나로서는 스스로 크나큰 발전이라 말하고 싶다.

한 글쓰기 모임에서 참가자들에게 '누구나 첫 글은 엉망이다'라는 의미로 나의 첫 기고 글을 보여주며 퇴고하는 시간을 가졌다. 참가자들은 신랄하게 내 글을 퇴고했다. 그때의 내 글은 맞춤법은 고사하고 강연에서 "이렇게 쓰면 안 된다"라고 말했던 부분만 골라서 적혀 있었다. 다양한 이유를 들어가며 중간중간 글쓰기를 멀리했다면 쓰는 습관은 물론이고, 3년 전의 글에서 한 발짝도 앞으로 나아가지 못했을 것이다. 오히려 쓰지 않아야 할 이유에 유혹당했을지도 모른다.

글쓰기가 업인 사람이 아니라면 매일은 고사하고 일주일에 A4 1페이지 분량의 글 한 편을 쓰기도 힘든 게 사실이다. 분량으로 따지면 1,500자에 불과하지만 매번 하나의 주제를 두고 생각을 정리하여 한 편의 글을 완성하기란 쉽지 않은 일이다. 성인은 학창시절

방학 숙제하듯이 의무적으로 일기를 써야 할 명분이 없다. 자신의 판단으로 글을 쓰며 습관을 들여야 한다.

의사인 맥스웰 몰츠는 저서 『성공의 법칙』에서 습관을 들이기 위해서는 21일이 필요하다고 했다. 그는 사고로 사지를 잃은 사람들이 절단된 팔과 다리에 심리적으로 적응하는 기간을 연구했다. 생각이나 행동이 의심과 고정관념을 담당하는 대뇌피질과 두려움, 불안을 담당하는 대뇌변연계를 거쳐 습관을 관장하는 뇌간까지 걸린 최소한의 시간이 21일이었다. 글쓰기 습관을 만들기 위해 21일 동안 글을 써 보는 노력은 어떨까? 뇌에 습관을 각인시키는 기간일 뿐이지만 습관의 기반으로 삼을 수 있을지도 모른다.

봄부터 여름까지 진행한 온라인 글쓰기 커리큘럼을 구상할 때 '글쓰기 습관 만들기'를 목표로 삼았다. 한 가지 주제를 두고 주말과 공휴일을 제외한 약 21일 동안 500자 전후의 글을 쓰는 과정이었다. 쓰는 동기부여를 높이기 위해 쓰는 횟수에 일정 금액을 책정하여 쓴 날짜만큼 참가비에서 환급하는 시스템을 두었다. 세 시즌 동안 16명의 참가자가 글쓰기 습관을 만들기 위해 발을 들였다. 첫 주까지는 대부분 글을 썼다. 그런데 한 주가 흐른 시점부터 각각의 사정으로 글을 쓰지 않는 사람들이 생겼고, 시간이 흐를수록 그 수는 늘어갔다. 결과적으로 매일 글을 올린 사람은 아무도 없었다. 모임이 끝난 후 개별적으로 이야기를 나누면서 글쓰기의 숨겨진 재미를 발견했으나 꾸준하게 글을 쓰기란 쉽지 않았음을 다시 한번 확인했다. 그래도 한 달간의 글쓰기가 누군가에게는 쓰기 습관의 발판이 되었을지도 모른다. 매일 글을 쓰지는 못했으나 90% 이상 글을 써서 올린 사람은 4명이나 있었다.

글을 써야 할 동기가 명확하지 않다면 꾸준하게 글을 쓰기란 어렵다. 오히려 글을 쓰지 않을 이유가 더 선명하게 다가온다. 그럼에도 글을 꾸준히 쓰는 습관은 좋은 글을 쓰기 위한 전제조건이라 생각한다. 계속 글을 쓰지 않고서 글을 잘 쓰고, 좋은 글을 쓰길 원하는 자체가 과한 욕심이다. 쓰기의 유무와 상관없이 대부분 알고 있지만, 아니길 바라는 불편한 사실이자 진실이다. 현재보다 더 나은 글을 추구하는 사람 중에 듬성듬성 쓰고 싶을 때만 쓰는 사람은 적어도 내 주변에는 없다. 그들은 기분이 좋아야만, 햇살이 환하게 비춰야만 좋은 글이 나오는 것이 아님을 알고 있다. 또한 꾸준함 속에 피는 꽃이 가장 아름다울 수 있음을 누구보다 잘 안다.

유가의 오경(五經) 중 하나인 『서경(書經)』에는 '습여성성(習與性成)'이라는 말이 있다. 습관이 오래되면 천성(성질)이 된다는 뜻이다. 쓰기 습관을 들이는 게 힘든 것은 분명하나 들여놓으면 성질이 되어 글쓰기 자질을 가진 사람과 비슷한 필력으로 이어질지도 모른다. 노력으로 넘지 못하는 선은 존재하지만 그럼에도 그 선에 닿고, 더 나아가 넘으려 하는 게 인간의 본성이다. 쓰는 사람들이 입을 모아 이야기하는 데는 분명한 이유가 있다.

아무리 마음이 급해도 한달음에 산 정상에 오를 수 없다. 빠른 길이라고 해서 절벽을 타고 올라갈 수도 없는 노릇이다. 그저 발아래에 놓인 길 위로 한 발짝씩 걷다 보면 숨이 턱 끝까지 차오를 때쯤 정상의 풍경을 바라보게 된다. 정상에 올라 뒤돌아보면 힘겹게 걸어온 길이 지름길일지도 모른다는 생각이 든다. 편법에 눈이 멀지 않은 채 꾸준히 정진하다 보면 우리는 분명 좋은 글에 닿을 수 있다.

부록

# 1. 체력이 필력이다

글을 쓰다 보면 "진이 다 빠진다"라는 말을 심심치 않게 한다. 진(津)은 식물의 줄기나 나무껍질 등에서 분비되는 끈끈한 물질을 말하는데, 진이 다 빠지면 식물은 말라서 죽게 된다. 혹자는 "운동처럼 과도하게 체력이 소진되거나 중요한 시험을 준비할 때처럼 종일 머리를 써야 하는 일이 아닌데 엄살 아니냐"라고 말한다. 실제로 주위에서 몇 번 들었던 이야기이다.

글쓰기는 흔히 창의성에 기반을 둔다고 한다. 창의성의 주된 특징은 문제 해결 과정에서 정보를 광범위하게 탐색하고 미리 정해지지 않은 다양한 해결책을 모색하는 확산적 사고(divergent thinking)인데, 이는 끊임없는 생각의 연속을 의미하기도 한다. 창의성이 '진'과 연관된다고 여기는 점은 우리 뇌에는 창의성만을 담당하는 부위가 없다고 알려졌기 때문이다. 확산적 사고를 통해 뇌 전체가 활성화되며, 이로 인해 뇌의 피로 속도가 증가할 수 있다. 뇌는 사람 몸무게의 약 2% 정도이지만, 하루에 소모하는 에너지의 20%가량을 차지한다고 한다. 아무것도 하지 않고 가만히 누워서 생각만 해도 피곤한 이유이다.

한번은 강의에서 글쓰기와 창의성에 관한 이야기를 했는데, 참가자 한 명이 "창의성은 시나 소설에서만 특화되지 않나요?"라고 질문했다. 어쩌면 우리가 아는 일반적 사실에 가깝다. 그러나 시와 소설이 조금 두드러질 뿐 자신의 생각과 관점을 기반으로 쓰는 에세이나 자기계발서도 창의성이 필요한 건 마찬가지다. 글의 종류와 상관없이 우리는 문장을 '만들기' 때문이다.

창의적 글쓰기를 할 때 사용하는 방식이 있다. 예를 들어, 아무 연관성이 없을 것 같은 '사자, 기차, 영국, 검정, 수건'이라는 다섯 단어로 세 문장을 완성하는 것이다. 이때 아이들은 상대가 빵

터질 만큼 웃긴 문장을 만들기 위해, 성인들은 자신의 쓰기 기준에서 부끄럽지 않으면서도 상대가 고개를 끄덕이거나 감탄을 불러일으킬 만한 창의적인 문장을 만들기 위해 최선의 노력을 한다. 그 과정에서 우리는 창의성을 불러일으키기 위한 에너지를 소진한다. 타인의 관점을 중요시하는 사람일수록 더욱 많은 에너지가 요구된다.

글을 쓴다는 것은 뇌를 활성화한다는 말이자, 심신으로 꽤 많은 에너지를 사용한다는 뜻이다. 이러한 점에서 글을 꾸준히 쓰거나 책을 쓰려면 체력 관리가 필요하다. 특히 책을 쓰려고 마음먹는다면 꽤 많은 에너지를 소진할 수 있음에 대비해야 한다. 무엇이든 에너지를 소진하지 않는 활동은 없지만 평소에 생각해보지 못한 비일상적인 에너지를 소진한다는 점이 조금 다르다. 나도 이전에는 글에서 체력이 중요하다는 말의 의미를 몰랐다. 그런데 이제는 글을 쓰면서 체력이 필력이라는 말의 의미를 온전히 받아들이고 있다.

글과 체력을 이야기할 때 빠지지 않고 언급되는 사람은 『상실의 시대』의 저자 무라카미 하루키이다. 그는 새벽 4시에 일어나서

5~6시간 정도 글을 쓰고 오후에는 달리기와 수영을 하며 저녁 9시쯤에 잠자리에 든다고 한다. 스스로 체력을 관리하는 방법이며 글을 쓰기 위한 루틴이다. 누군가는 "하루키처럼 체력을 관리해야 글을 잘 쓸 수 있을까요?"라고 묻기도 한다. 글이 취미든, 업이든 하루키처럼 매일 관리하기란 정말 쉽지 않다. 그러나 체력을 키우면서 글을 쓰기 위한 자기만의 루틴을 가질 수는 있다.

주위에서 듣기로는 글쓰기 루틴을 짜 주는 것까지 돈을 받고 컨설팅하는 곳이 있다고 한다. 하루에 두 끼 이상 식사하고, 주 2~3회 운동하며, 술자리 횟수를 줄인다. 6시간 이상 숙면하고, 비타민을 챙겨 먹으며, 명상을 통해 머리를 맑게 한다. 그리고 각자가 정해놓은 시간에 글을 쓰면 되지, 글 쓰는 하루 계획까지 돈을 들여 컨설팅 받을 필요는 없을 것 같다. 하루에 10분이든, 3시간이든 상관없다. 자기 노력으로 변수를 최대한 없앨 수 있는 시간이 좋다. 직장인이라면 출근하기 1시간 전과 저녁 식사를 마치고 1시간 이후가 적당할 것이다.

여기까지 본다면 특별한 게 없다고 생각할 수 있다. 정해진 시간에 글 쓰는 행위를 제외하면 우리가 흔히 말하는 몸 관리 방법이다. 실제로 다이어트를 하거나 근육을 키울 때 운동만큼 중요하다고 말하는 식단관리 방식도 그 자체로는 그렇게 어렵지 않다. 우리가 쉽게 하지 못하는 이유는 결국 의지 문제이다.

사람의 의지는 생각보다 나약하다. 100을 달성하려면 최소 120을 목표로 잡아야 하는 이유이다. 글쓰기는 의지박약을 시험할 좋은 방법이며, 장시간 글쓰기를 해야 하는 책 쓰기는 더할 나위 없다. 의지가 나약해지면 글을 쓰지 않을 이유를 쉽게 찾을 수 있다. 계속해서 말하지만, 주위 환경은 글을 쓰지 않을 조건으로 가득하다. 그렇기에 글을 쓰고 책을 쓰려는 이유가 명확해야 한다.

누군가는 심신이 극한에 다다랐을 때 풀어내는 글이 좋은 글을 만드는 양분이 된다고 한다. 집필한 글 혹은 책이 유작이 되는 작품에 사람들이 더 열광하는 이유와 연관성이 있을지도 모른다. 하지만 내가 아는 일반 상식에서는 몸과 마음이 건강해야 글에 온전히 집중할 수 있다. 스스로 최대한 만족할 만한 글을 쓸 확률이 높다는 의미이다. 평범한 사람이 글을 쓰려고, 책을 출간하려고 심신을 바닥까지 내쳐야 할 이유는 없다. 글이 아무리 중요하다고 할지라도 말이다.

## 2. 동기부여를 유지하는 방법

개인적으로 좋아하는 책인 『신과 개와 인간의 마음』에는 인간의 뇌와 마음에 관한 여러 가지 이야기가 담겨 있다. 그중에 인간의 자유의지를 설명하는 부분이 있는데, 저자는 리벳(Libet) 연구를 사례로 든다. 연구 내용은 실험 참가자가 빠르게 도는 시계를 바라보면서 자신이 의식적으로 원할 때마다 손가락을 위로 들어올린다. 이 간단한 동작을 위한 자유의지가 생기는 순간에 시계 초침의 위치를 머릿속으로 메모하는데, 그 순간을 W라고 일컫는다. 또한 두피에 부착한 전극을 통해 정수리 부근의 작은 뇌 부위인 보조운동피질 활성화 시점을 B라고 칭한다. 끝으로 손가락이 실제로 움직인 시점을 M이라고 한다.

저자에 따르면 W→B→M 순이 일반적인 사람의 생각이라고 했으나, 실험 결과 350$ms$ 차이로 B→W→M 순서가 발생했다. 이 실험을 바탕으로 저자는 뇌 활성화가 손가락을 움직이려는 사람의 결정보다 선행하므로 사람의 결정은 사실상 '결정'이 아니라고 했다. 즉 인간의 자유의지는 착각이라는 것이다.

나는 1985년에 발표된 논문을 2018년에 출간한 책에서 발견하고는 여러 가지 감정을 느꼈다. 20대에 내 의지로 무엇이든 이룰 수 있을 거라 믿었던 과거에 대한 부정과 더불어 내 의지가 약한 것은 '역시 과학적 논리 때문이었구나'라는 쓸모없는 위안이었다. 물론 이 연구에 대한 비판은 계속해서 나오고 있다. 인간이 자유의지가 없다면 생존을 첫 번째로 삼는 동물과 다를 바가 없다고 이야기하며 과학자의 쓸데없는 연구라고 날을 세우기도 한다. 그런데 이 예시를 든 이유는 인간의 의지는 무한하지만 유한할 수 있으며, 의지를 처음 마음가짐으로 유지하기란 생각보다 힘들다는 점을 전하고 싶어서이다.

그동안 글을 꾸준히 쓰려는 사람, 한 권의 책을 출간하길 바라는 사람을 꽤 많이 만났다. 나도 글을 쓰고자 했을 때 사람들에게 여러 방면으로 도움받은 고마움이 있기에 누군가 글쓰기와 책 쓰기에 관한 도움을 요청하면 상대가 원하는 이상으로 답을 전하려 한다. 그러나 일정 기간이 흐른 후 그들을 만났을 땐 열에 아홉은 이전과 특별한 변화가 없었다. 각자만의 사정이 존재했겠지만, 결국은 쓰고자 하는 의지가 환경에 의해 한풀 꺾였기 때문이다.

그러한 점에서 우리는 쓰는 행위를 유지할 동기가 지속해서 필요하다. 주위를 조금만 둘러보면 스스로 동기부여를 유지할 방법이 많다. 가장 좋은 방법은 포스트잇, 스마트폰 메모 앱, SNS, 한글 프로그램, 공책, 티슈 등에 어떻게든 쓰는 행위를 꾸준히 하는 것이다. 참고로 내가 활용했을 때 글쓰기 의지를 유지하기 괜찮았던 몇 가지를 소개하려고 한다.

글을 쓰고자 마음먹었을 때 SNS에서 이지니 작가를 알게 되어 북콘서트라는 행사에 생애 처음으로 참가했다. 예전부터 강연을 좋아했기에 형식은 익숙했다. 그런데 일방통행에 가까운 기존의 강연과는 달리 쓰는 사람과 읽는 사람이 글이라는 틀 안에서 쌍방향으로 이야기를 나누는 그 순간의 숨결이 매력적이었다. 이후 독자이자 필자로서 작가를 만날 수 있는 여러 자리를 찾았다.

2018년 5월, 독립서점 '카프카의 밤'에서 『대리사회』의 저자인 김민섭 작가의 북토크가 있었다. 북토크의 감동은 여전했다. 그날따라 김민섭 작가가 독자들을 마주 보고 앉은 작은 의자가 탐이 났다. 행사가 끝난 후 서점 대표님에게 "이번 겨울에 김민섭 작가님이 앉은 저 자리에서 제가 북토크를 할 테니 준비 부탁드릴게요"라고 당돌하게 선전포고를 날렸다. 개인 저서의 원고가 완성되지도 않았을 때였다. 대표님은 내가 '고객'이었기에 웃으며 "네"라고 답했다. 속으로는 어떤 생각을 했을지 쉽게 예상할 수 있다. 그리고 7개월이 지난 2019년 1월 『답은 '나'였다』 출간 후 생애 두 번째 북토크를 그 의자에 앉아서 성황리에 마쳤다. 비록 해는 넘겼지만 겨울이었다.

수도권과 부산을 제외한 다른 지역에서 사람들을 만나면 작가를 만나기 힘들다고 이야기한다. 채널 예스, 교보문고, 인터파크, 네이버 '우리동네'를 둘러보면 다양한 자리가 있지만 상대적으로 기회가 적은 것이 사실이다. 그럴 때는 자신과 같이 글을 쓰는 사람이 모인 자리에 참석하면 좋다. 인문학 열풍이 불면서 글에 대한 관심도가 높아졌고, 자연스럽게 쓰는 사람이 모이는 자리도 늘어나고 있다. 어디든 쓰기 고수가 존재하기에 사람인 이상 필력에서 상대적 박탈감을 받을 수 있다. 그럼에도 한 발을 내디디라는 말을 전하고 싶다. 생각보다 자신이 글을 잘 쓰는 사람일지도 모른다. 만약에 일정 수강료가 필요하다면 회당 2만 원 전후를 추천한다.

그리한 모임이 보이지 않는다면 직접 모으면 된다. 인구가 적은 도시라고 해서 쓰는 인구가 적다는 가정을 내리기는 힘들다. 오프라인 매장이 없다고 책을 못 사는 시대가 아니기에, '나 글 쓴다'고 티 내지 않아도 쓰는 사람은 많다. 전문적인 리딩을 하는 사람이 없다는 점이 아쉬울 수 있으나 그룹에서 발생하는 에너지는 생각 이상으로 단단하며 오래 유지된다. 그 속에서 스스로 에너지를 발현하고 긍정적인 에너지를 받으며 동기부여를 지속할 수 있다.

마지막으로 오프라인 서점에 가는 것이다. 요즘은 SNS와 각종 매체의 영향을 받아 책을 구매하는 경우가 많다. 리뷰가 괜찮거나 표지가 구미를 당기면 구매를 결심하며 그 자리에서 스마트폰으로 결제한다. 책을 사든, 사지 않든 주위에 있는 오프라인 서점에 들려보길 권한다. 대형서점은 보통 10만 권 전후, 독립서점은 1천~1만 권 정도의 책이 있다. 그곳에서 국내뿐만 아니라 세계 곳곳의 유명 저자를 만날 수 있으며, 인생책이라 말하는 책도 우연히 만날 수도 있다.

서점에서 책 읽는 사람의 향을 느끼며 한 권 한 권 둘러보면 좋다. 책이 출간되는 경향은 어떤지, 독자의 손에는 어떤 책이 쥐어지는지를 직접 눈으로 보는 활동이 꽤 큰 도움이 된다. 글을 쓰고자 하는 방향성이 잡히기도 하고, 계획과는 다른 노선을 선택하기도 한다. 『직장은 없지만 밥은 먹고삽니다』는 서점을 둘러보지 않았다면 나오지 않았을 책이었다.

# 우리가 글을 쓴다면

초판 1쇄 발행   2021년 2월 10일

지은이   김성환
펴낸이   정혜윤
편집   김미애
마케팅   윤아림
디자인   김경미, 김윤남
펴낸곳   SISO

주소   경기도 고양시 일산서구 일산로 635번길 32-19
출판등록   2015년 01월 08일 제 2015-000007호
전화   031-915-6236
팩스   031-5171-2365
이메일   siso@sisobooks.com

ISBN   979-11-89533-55-7 03800